細い背中をぎゅっと抱きしめた。離したくない。どんなに嫌がられても、もうどこにもやらない。
好きだから。愛しているから——。

ひそやかに降《ふ》る愛《あい》

名倉和希《なくらわき》

ILLUSTRATION：嵩梨《たかなし》ナオト

ひそやかに降る愛

LYNX ROMANCE

CONTENTS

ひそやかに降る愛

彼が席を立ってレジに向かうのを見て、聡太《そうた》は小走りに店内を駆けた。

飲食店の店員と客という関係でしかないから、注文を受けるときと会計をするときしか接点はない。もう一人いる店員に、その貴重な機会を譲りたくなかった。

無言で伝票を差し出され、聡太はそれを受け取る。旧式のレジに数字を打ちこみ、会計用のプラスチックのトレイに置かれた五千円札に触れた。彼のぬくもりがわずかでも移っていないかと期待したが、薄い紙幣からそんなものは感じ取れなかった。

安価で量が多いと評判の飲食店だから、ランチセットだけならば千円もかからない。千円札数枚と硬貨を数えて、レシートと一緒に差し出した。トレイに置けばいいのだけれど、聡太は手渡ししたかった。彼は黙って右手を差し出す。そこに、できるだけそっとおつりを置いた。

一瞬、指先が彼の手に触れる。たったそれだけで、聡太はカーッと頭に血が上った。

「あ、ありがとう、ございました」

いままで何百回、何千回も繰り返してきた言葉なのに、つかえてしまう。特別な言葉でもないのに。恥ずかしくて、聡太は俯《うつむ》いた。

「またな」

おつりとレシートをブルゾンのポケットに無造作につっこみ、彼は店のドアから出ていく。

その広い背中を見送った。

一度だけ、彼が聡太の頭に触ってくれたことがある。ちょっとした揉《も》め事の仲裁をしてくれて、お礼を言ったときだ。頭を下げた聡太の髪に、彼が手を伸ばした。びっくりした聡太を見て、すぐに手は引かれてしまったけれど、とても嬉《うれ》しくてドキドキした。

「ありがとうございました」

もう一度声をかけて、去っていく後ろ姿を眺める。彼は振り返らない。いつも。

こんどはいつ来てくれるだろう。ただの店員と客で、週に二度か三度しか顔を合わせないのに、彼は聡太の中で特別な存在になりつつあった。

生まれてから十九年。唯一の家族だった祖母を亡くし、いまでは頼れる親戚もなく、楽しみもなく、薄給でただ黙々と働く日々だった。このまま惰性で生きて、ゆっくりと年を取っていって、一人で静かに人生を終えるだけだと思っていた。

彼と親しくなりたいなんて、高望みは持っていない。そもそも親しくなったとしても、たぶん年齢がいくつも上だろうし、共通の話題があるとは思えない。こんなふうに、店にときおり来てくれて、顔を見られるだけで嬉しかった。

「おい、聡太、なにボーッとしてんだよ」

つい物想いにふけってしまった聡太を、先輩店員が咎《とが》めにきた。慌てて、彼が座っていた席の食器を片付ける。ランチタイムの忙しさはまだ続いていた。

「聡太、サボってんじゃねぇよ」

厨房《ちゅうぼう》から顔を覗《のぞ》かせた店長に叱られた。

「ほら、これ八番テーブル」

「はい」

カウンターにどんと置かれたラーメン丼と餃子《ぎょうざ》の皿を、よいしょと持ち上げる。聡太は小柄で細身だが、重い丼を運ぶのはもう慣れた。

「はい、お待たせしました」

近くで道路工事をしている作業員たちが座るテーブルに、丼と皿を運ぶ。

「おい、こっち。兄ちゃん、注文！」

「いま行きます」

エプロンのポケットから注文表とボールペンを取り出して、呼ばれた方へと早足で移動する。慌ただしく立ち働きながらも、先ほどの彼の後ろ姿がいつまでも頭の片隅に留《とど》まって消えない。

どうして消えないのか、なぜ彼にまた会いたいのか、触れてもらいたいのか——。

このとき聡太はまだ、この不可解な感情の正体を知らない。ただ、彼の残像を、だれにも言うことなく、大切に大切に胸に秘め続けるだけだった。

◇

竹内泰史《たけうちやすし》がその話を聞いたのは、東京に木枯らし一号が吹き荒れた日だった。

新宿《しんじゅく》の一角にシマを持つ瀧川《たきがわ》組に属する竹内だが、ときどき隣接する西丸《にしまる》組の事務所に呼ばれることがある。理由はだいたい決まっていて、竹内が側近として仕える瀧川組若頭、瀧川夏樹《なつき》に関することだった。

今日もきっと夏樹のことで呼び出されたのだろうなと予想していた竹内だが、西丸組の顧問である西丸欣二《きんじ》から聞かされた話の内容は、微妙にずれていた。

「若頭にそっくりの男……ですか？」

どう反応していいかわからず、竹内は目の前で眉間に皺《しわ》を寄せている欣二をまじまじと見つめた。

欣二は西丸組現組長の息子で、後継者候補の筆頭だ。百八十センチを超える身長とがっしりとした頼もしい肩幅と太い首を持ち、若干エラの張ったいかつい顔は、ダークスーツを着るとだれもが避けて通るほどの迫力をかもしだす。素人目でもヤクザの幹部とわかるくらいだ。外見はまぎれもなく武闘派だが、欣二が組の実権を握るようになってから表立った抗争はない。意外にも根回しや気配りが上手《うま》いらしく、関東地区の主だった組の幹部たちとそつなく付き合っていた。

怖いものがなにもなさそうな欣二だが、十八歳のときから十五年間も大切にしてきた恋人である夏樹に関しては、鷹揚《おうよう》に構えていられないらしい。災いの芽は早い段階で摘み取っておかなければ心配だと、言わなくても顔に書いてあった。

「そうとう似ているらしい。おい、吉田《よしだ》、説明しろ」

欣二に促され、部屋の隅に立っていた若い構成員が一歩前に出る。吉田という男は、不摂生のたまものか、まだ十代後半だろうに太って腹が出ていた。おどおどとした態度で、量販店のものらしい紺色のフリースのパーカーを着ている。

「あ、あの、オレの実家が、葛飾区《かつしか》、ななななんス、けど」

おそろしく緊張しながら喋《しゃべ》るものだから、聞き取りにくいことこのうえなかった。だがそれもしかたがない。西丸組の顧問専用室に、こんなかたちで入ったのははじめてだろう。室内にいるのは欣二と竹内だけではなく、欣二の側近の加賀《かが》と、欣二のボディガード兼運転手の苅田《かりた》もいた。

加賀は四十代後半の男だ。いかにもヤクザといった風体はしていないにもかかわらず、絶対に会社員には見えない。物静かで頭がきれ、時には欣二より容赦がないことを、竹内は短い付き合いでも知っていた。若かりしころは西丸家の部屋住みで、幼児期の欣二の世話係だったらしい。ときどきわざとのように「若」と呼んで、欣二に嫌がられている。

苅田は二十七歳の竹内よりも年下の二十三歳で、欣二に憧れて西丸組に入った男だ。欣二と空手道場が同じだったらしく、その腕っぷしを見込まれてボディガードの役目を任されている。

髪は短く刈りあげ、格闘技選手のような体格にTシャツとジーンズ、革ジャンという格好のせいか、苅田はあまりヤクザには見えない。男女かまわずセフレは山ほどいるという節操のない男だが、いつ呼び出されても車の運転ができるように酒だけは飲まないと聞いた。欣二への忠誠心だけは信用のおける男だった。

そういった、いわゆる幹部の連中に囲まれて、吉田は青くなりながらも精一杯、自分が知っている限りの情報を話している。

「安くて早いってのが売りの中華の定食屋なんスよ。味はまあ、そこそこで、特にうまいってほどじゃないんスけど、安くて量が多いから、客は入ります。そこのマーボー豆腐丼がまた量が多くて――」

「メニューの解説はいい」

加賀が止めなければ苅田がキレていただろう。ドアの前に仁王立ちしている苅田が、胡乱《うろん》な目で吉田を睨《にら》んでいる。

「それで、その店の従業員なのか？」

「あ、はい、そうっス。オレと…たぶん同い歳《どし》くらいなんスけど、見たことないから、地元の人間じゃないっスね。どっかから流れてきたやつだと思います。先週、オフクロから用事だっつって電話があったんで、ひさしぶりに家に戻って、腹が減ってたんでそこに寄ったんス。いやもう、マジびっくりっスよ。瀧川組の若頭にすっげーよく似たやつがいたんで」

こんな下っ端にまで、欣二の大切な人が夏樹だと浸透しているわけだ。男同士で気持ち悪いだとか馬鹿馬鹿しいだとか思うようなやつは、そもそもいまの西丸組には残っていない。

「店長にソウタって呼ばれてました」

写真を撮ったというので携帯端末の画面を覗きこませてもらうと、定食屋の店内らしき場所にほっそりとした体つきの若い男が写っていた。

隠し撮りの写真は不鮮明で、顔がよくわからない。夏樹は、現在二十八歳。写真の男は吉田がさっき「自分と同じ歳くらい」と言ったとおり、十代後半だろう。ホンモノとは十歳ほどの年齢差があるわけだ。

夏樹は見る者をハッとさせるほどの端整な美貌の持ち主だ。バランスがとれたスレンダーな体にオーダーメイドのスーツを着て立てば、有名ブランドの広告に使えそうな洗練された雰囲気が漂う。欣二とは違って、外見はヤクザには見えない。

だが内には冷たく燃える炎を飼っていて、それがときおり外に出そうになったりする。ちらりと顔を覗かせる炎の激しさは、夏樹をより美しく輝かせ、凶暴な魅力を引き出す。無自覚なまま艶やかな色気までふりまいたりするものだから、欣二をはじめ竹内たち周囲の者は、ある意味、常に警戒していなければならないのだ。

あんな特異な存在は二人といない。似た男など、存在するのだろうか？　疑問を抱いているせいか、携帯の写真が夏樹に似ているとは、あまり思えなかった。

「………はっきり顔が写っていないので、よくわかりませんね」

竹内が正直に感想を述べると、「まあな」と欣二が頷《うなず》く。吉田は慌てて主張した。

「似てます。マジで、似てるんスよ。じゃなかったら、加賀さんの耳に入れません。フカシじゃないっス」

「ああ、わかっている。貴重な情報を届けてくれて、ありがたいと思っているよ」

加賀はまるで理解ある父親のように静かに微笑《ほほえ》み、吉田を安心させるように肩を叩《たた》いた。

吉田はホッとした顔をして、店の詳しい場所をメモ用紙に書く。お世辞にもきれいな地図とは言えないものだったが、店にたどり着くことはできそうだった。

「すまないが、莉田と竹内の二人で、確認を取ってきてもらえないか」

話の流れからそうなるだろうと予想していたので、竹内は特に驚くことなく「わかりました」と頷いた。わざわざ幹部を出向かせることではないかもしれないが、もし夏樹によく似ていたら何か問題が起こらないともかぎらない。それほど瀧川組は力のある組だし、瀧川組になにかがあったときは西丸組も黙ってはいられないからだ。

隣接する西丸組と瀧川組は、その昔、血で血を洗う抗争があったと聞く。だが先代同士が不毛な諍《いさか》いに終止符を打った。五分《ごぶ》の兄弟杯を交わしたのだ。それ以降、二つの組は友好的な関係を保っている。現組長の息子同士にいたっては、仲良く同棲《どうせい》までしている始末だ。

「夏樹の耳には入れるな」

「はい」

「あいつが出てくると大事《おおごと》になる」

ため息まじりの呟《つぶや》きに竹内は頷いた。二年の付き合いでしかない竹内ですら、夏樹の辞書に「穏便に済ます」という言葉がないのを知っている。一緒に暮らしている恋人である以前に、生まれたときからの幼馴染みだという欣二は、もっと夏樹のことを熟知しているだろう。夏樹の耳に入れたら絶対に面白がって首をつっこんでくるにちがいない。そうなると面倒だ。この話がどこから夏樹に伝わるか知れないので、吉田には口止めをした。

吉田が退室したあと、竹内は莇田を促して廊下に出た。

「いつ行く？」

比較的、年齢が近く、お互い直接仕えている者同士が同棲しているという関係上、連絡を密にしている莇田とは、気安く話をする間柄になっていた。

「俺の次の休みは明後日《あさって》だ。莇田は？」

「あんたに合わせる。こっちの顧問は事情を知っているわけだから、融通を利かせてくれるだろう」

「それはそうだ」

じゃあ明後日にしようと話はまとまる。帰ろうとした竹内は、莇田のため息に足を止めた。

「なんだ？」

「……かったるい。あんた一人が行けばコトは済むんじゃないのか」

莇田にとって欣二以上に大切な存在はない。夏樹のそっくりさんを確認するためだけに、欣二のそばを離れなければならないのが不本意なのだろう。

「それでも、西丸顧問は二人で行けと言った。命令に逆らうのか」

莇田はチッと舌打ちをして、もう一度ため息をついた。

「……車で行くなら出すけど、どうする」

「頼む」

「わかった」

まだなにか言いたいことがありそうな苅田を残して、竹内はさっさと西丸組の事務所をあとにした。


竹内はごく普通の家庭で育った。

父親は中堅企業のサラリーマンで、母親は専業主婦、二歳年下の妹が一人という四人家族だった。

竹内は子供のころから体を動かすことが好きで、小学生のときは地元の少年サッカーチームに所属していた。陸上に目覚めたのは高校生のときだ。進学した高校はサッカー部が弱く、最初から入部するつもりはなかった。同じ中学出身の同級生に誘われて、陸上部に入ってみたら、めきめきと頭角を現したのだ。

一万メートルで高校総体に出場し、さらに国体にも出た。大学は陸上で推薦入学し、駅伝に転向。惜しくも箱根《はこね》駅伝は逃したが、スカウトの目に留まり、大学卒業後は実業団に入ることが決まっていた。ところが、大学四年の秋に父親がギャンブルのせいで数千万の借金を作っていたことが発覚。持ち家はとうの昔に抵当に入っていた。母親は離婚届を置いて出ていき、妹は恋人の部屋に入り浸ったまま帰ってこなくなった。

その日の食費にも困る生活の中、竹内は苦渋の思いで大学を中退した。もちろん実業団入りの話は消えた。厭世《えんせい》的になって酒浸りになった父親のかわりに、働かなくてはならない。少しでも割りのいい仕事を探して歩き、行き着いたのは繁華街の深夜営業の店だった。居酒屋の皿洗いからキャバクラの裏方まで、とにかくなんでもやった。

家を処分しても消費者金融からの借金は完全にはなくなっておらず、親戚や父の知人からの借金もほとんど残っていた。何年かかっても絶対に返すからと、竹内は親戚と父の知人に頭を下げて回り、消費者金融の返済を優先した。一日でも返済が滞ると、ヤクザと思われる風体の男たちがアパートにやってきてうるさく騒ぐからだ。

やつらは返済の約束を果たせない竹内の父を悪だと罵り、駄目な人間だと批難した。妹を探し出して風俗で働かせたらどうかと提案されたとき、竹内はカッとなって殴りかかってしまいそうになった。のちに、やつらはやつらで借金の回収が仕事だったのだと知ったが、そのときは他人の事情を慮《おもんぱか》る余裕などまったくなかった。

竹内にも意地があった。借金を作った父が一番悪いことはわかっていたが、なにがなんでも底辺から這《は》い上がってやると、秘かに闘志を燃やしていた。

必死になって働き、借金を少しずつ返していった。なにも考えず、ただひたすらに働いていたところ、瀧川組の現組長、瀧川幸市《こういち》に出会った。自分が勤めている店が瀧川組の経営だということを、竹内は知らなかったのだ。店を訪れた幸市に、その体格のよさと勤勉さ、内に秘めた熱い想いを買われ、組に勧誘される。

借金取りのヤクザたちを嫌悪していた竹内だが、夜の街で働くうち、裏社会にもヒエラルキーが存在し、勢力図というものがあることを知った。

ヤクザにもいろいろある。瀧川組はいわゆる経済ヤクザで、飲食店や合法な風俗店の経営、土地や株の売買などで金を稼いでおり、ドラッグや賭博、臓器売買など、非合法な商売にはほとんど手を出していなかった。そうして稼いだ金で無理なく遊ぶ幸市に、竹内は好感を持っていた。

竹内の家庭の事情を知った幸市は、援助を申し出た。ただ金を出すのではなく、父親をしかるべき更生施設に入院させ、母親と妹を呼び寄せて家族を再生させる手助けをしようと言ってくれたのだ。

父の治療はありがたいが、母と妹はいまさら一緒に暮らしたいとは思っていないかもしれない。だがそこまで言ってくれた幸市の気持ちが嬉しかった。

ヤクザを嫌悪していた自分がヤクザになる。考えたこともなかったが、幸市にそこまで望まれるなら――嫌悪していたようなヤクザに自分がならなければいいのではと、竹内は決意する。二十四歳のときだった。

竹内は幹部候補として幸市の運転手になった。空いた時間には幸市の側近から直接指導を受け、経営のノウハウや周囲の組との付き合い方などを教えられた。そして、二年前から夏樹の側近になっている。

当初、竹内は夏樹を侮っていた。幸市への恩義があったから、やむなく側近として仕えるが、忠誠心はあまりなかった。組に入ったときから夏樹とは面識があったが、いつも銀座《ぎんざ》で誂《あつら》えた上等なスーツを着て、きれいな場所に王様然と座り、組長の息子だから現在の地位が約束されているだけのお飾りにしか見えなかったからだ。

だが常に行動をともにするうち、夏樹の仕方は、理に適《かな》っていると思うようになる。必要最小限の労働で、最大の利益を生み出すのだ。夏樹は頭の回転が早く、勘と要領がよい。もっと働けばもっと稼ぐことができると進言したことがあるが、「跡目じゃない組長の息子はこの程度でいい」と返された。

早い時期に組の跡目問題から遠ざかっている夏樹が、あまり収益を上げて組に貢献してしまうと、後継者に担ぎ上げようとする幹部が出てくるかもしれなかった。瀧川組を混乱させるつもりは毛頭ない。夏樹は自分をよく知っていた。マイペースで周囲と同調しようとしない夏樹には、たしかに組長という役割は難しいだろう。なにも考えていないわけではなく、よく考えたうえでの態度だったのだ。

竹内は素直に感心し、上っ面しか見ようとしていなかった自分を反省した。

そんな竹内の態度の変化を、夏樹は感じ取ったらしい。そのころ、お目付け役から仕事上のパートナーに格上げされた。竹内が義務感で自分に仕えていると、夏樹はわかっていたのだ。

夏樹の仕事に対するスタンスは理解できたが、わからないのは欣二との関係だった。

欣二については、幸市から「出来る男」であり「信頼に足る男」だと聞いていたし、ときおり垣間《かいま》見《み》る姿はまだ若いが貫録《かんろく》十分で、いかにもヤクザらしい風貌だった。腕っぷしは強く、頭もいい。夜の街へ繰り出せば、おそらくよりどりみどりだろう欣二が、なぜ夏樹とそんな関係にあるのか、耳にした当初は不思議でならなかった。二人が十代のころから続いていると知り、さらに疑問が膨らんだ。

組同士の取り決めでもあって、やむなく肉体関係を続けているのか？　古参の組員にそれとなく探りを入れると、「あの二人のことはそっとしといてやれ」と苦笑いで宥《なだ》められた。

当時は週に一度、夏樹を欣二のマンションに送っていった。迎えは翌日だ。夜のうちになにがあったか、エントランスから出てきた夏樹の様子を見れば問わなくてもわかる。きちんとスーツをまとっていても滲《にじ》み出る倦怠《けんたい》感と色気に、竹内はしばしば閉口した。

欣二について、夏樹は多くを語らない。ただ、そばにいるときに切なげな目でちらりと見るだけだ。そんな夏樹に、欣二は優しかった。たとえば車の後部座席に並んで座り、欣二が甘い声で名前を呼び、そっと手を繋《つな》ぐ。それだけで夏樹が幸福そうに唇を綻ばせるのを、竹内はバックミラーで何度も目撃した。

二人は愛してあっているのか。普通の男女のように――。そう気づいて茫然《ぼうぜん》とした。

男が男に惚《ほ》れるのはわかる。竹内も幸市に惚れて、ヤクザになった。だが夏樹たちは、男女のように愛しあい、週に一度の逢瀬《おうせ》を繰り返している。ゲイではない竹内には理解できなかった。

だが、夏樹のそばにいるうちに、しだいにその一途《いちず》な想いは伝わってきた。

夏樹はモテる。男女問わず、どこへ行っても秋波を送られた。だが一切、相手にしない。十三歳のときに欣二に抱かれてから、ほかのだれとも性交渉を持ったことがないらしかった。夏樹の目には欣二しかうつっていないのだ。そのくせ、欣二の枷《かせ》にはなりたくないと、女遊びを禁じてはいなかった。

語らない夏樹の、その瞳に秘められた愛の炎は激しい。夏樹に愛されている欣二が、いったいどんな気持ちなのか聞いてみたいと思ったこともあったが、わざわざ訊《たず》ねなくともしだいにわかってきた。

欣二も夏樹を一途に愛している。女遊びはまったくしていない。抱くのは夏樹だけだ。一緒に暮らしたいと切望しているが、夏樹がためらっている状態だった。このままほどほどの距離を保ちながら関係を続けていくのかと思っていた矢先にある事件が起こり、欣二のマンションに夏樹が転がりこむかたちで同棲がはじまった。

竹内はすくなからずショックを受けた。夏樹は欣二のものだとわかっていたのに、いざ夫婦のように暮らしはじめたことに衝撃を受け、胸が痛んだのだ。

そこではじめて、竹内は自分が夏樹に対して複雑な感情を抱いていたことに気づいた。

夏樹の燃えるような愛情をひとりじめしている欣二が羨《うらや》ましかった。あんなふうに愛されたら、どんな気持ちだろうかと。

竹内の両親は離婚している。父親が隠れてつくった借金に激怒して、母親は家を出ていった。竹内と妹を置いて。本当に夫を愛していたわけではなかったのだろう。簡単に壊れてしまうていどの夫婦関係だった。だがきっと、世の中のほとんどのカップルが、両親のような脆弱《ぜいじゃく》な絆しか結べていないのではないか。

けれど夏樹は、欣二になにがあっても、おそらく裏切ることはないだろう。欣二もそうだ。おたがいの愛情を信じて疑わない二人は、竹内には奇跡のように見えた。

欣二を蹴落として、恋人の座を奪うつもりはない。そんなことは不可能だろうし、欣二を失った夏樹がいまとおなじように生き生きとしていられるとは思えなかった。

竹内にもかつて恋人と呼べる相手はいたが、こんなにも真剣に愛されたことはない。現在特定の相手はおらず、瀧川組若頭側近ともなれば寄ってくる夜の蝶《ちょう》は多いが、そのうちの何人が肩書きではなく竹内個人を心底愛してくれるだろうか。そう思うと、だれとも真剣に付き合えなかった。

欣二と暮らしはじめた夏樹は、以前よりもずっと情緒が安定した。側近としては助かる。だがやはり、欣二への嫉妬に似た感情はなかなかなくならなかった。きっとこの気持ちは、そう簡単には消えてくれないだろう――。


ヤクザにも休日はある。組からバーや風俗店の経営を任されている夏樹は、定休日を自分の休みにあてていた。竹内もそれに合わせて、平日を休みにしている。

「ここのようだな」

欣二から話があった翌々日に、竹内は苅田と二人で葛飾区まで来ていた。苅田はいつものように革ジャンとジーンズで、竹内はスーツではなくラフなウールのブルゾンとカーゴパンツという格好だ。スーツを着てしまうと、どうしても玄人に見えてしまう。仕事中ならはったりも必要だが、偵察に行くだけなのに最初から警戒されてはいけないと考えた。

『来々軒《らいらいけん》』という汚れた看板を見つけ、竹内は営業中の札がぶらさがっている引き戸を開けて中に入った。店内は十人程度が座れるカウンターと、テーブル席が十。安っぽいビニールのクロスがかかったテーブルは、八割がた客で埋まっている。質より量が売りの店だからか、客層はほとんど学生風の若い男やツナギのような作業着姿の肉体労働系の男たちだった。

「いらっしゃいませー」

すぐに横手から、元気な若い声が反応よく出迎えてくれる。レジカウンターがあり、数人の客が伝票を手に並んでいた。時刻はもうすぐ午後一時といったところで、一巡目の客が食事を終えて帰るところらしい。

レジに立っている若い男は店名がプリントされたデニム生地のエプロンをつけており、そばかすが浮いた頬と一重まぶたの目は、夏樹とは似ても似つかなかった。

「お二人様ですか？　すぐ片付けますので、こちらのテーブルにどうぞ」

まだ前の客の食器が乗ったままのテーブル席へと促される。

「おい、聡太、ここ頼む！」

奥に向かって声を張り上げると、軽い足音とともに揃《そろ》いのエプロンをつけた細身の少年が出てきた。

その顔を見て、竹内は一瞬、息を呑む。

「いらっしゃいませ。すぐに片付けますから、どうぞ」

聡太と呼ばれた少年は、美しい顔立ちをしていた。吉田が言っていたとおり、夏樹によく似ている。不鮮明な携帯の写真ではわからなかった繊細なつくりの目や鼻や唇が、小ぶりな輪郭にきっちりとおさまっていた。

それに、ただ美しいだけじゃない。濡れたような漆黒の瞳が、どこかもの寂しげで惹《ひ》きつけられる。肘までめくられたシャツから見える手首は細く儚《はかな》げで、指先がひどく荒れているのが哀れだった。引き寄せられるように竹内は腕を伸ばし、聡太の肩を摑《つか》んでしまう。

「あの、お客様？」

怪訝《けげん》そうに下から見上げられたとき、後頭部にガツンと衝撃があった。実際に叩かれたのだ。痛みにムッとして振り返ると、目を据わらせた苅田が拳を握っている。

「あんた、なにやってんだ」

「あ……」

はっと我に返り、竹内は慌てて聡太から手を離す。聡太はちらちらと竹内を気にしながら、テーブルの上を片付け、そそくさと店の奥に行ってしまった。

四人掛けのテーブルに苅田と向かいあって座る。二人とも大柄のせいか、狭く感じた。

苅田がカラーコピーを綴《と》じただけのメニューを見ながら、チッと舌打ちをする。

「迂闊《うかつ》にもほどがあるぜ。なにいきなり手ぇ出してんだよ。ただの客のフリすんだろ」

「……悪い。つい……」

自己嫌悪のため息が漏れる。吉田のフカシではないにしろ、あの夏樹に似ている人間なんてそうそういるはずがないと高をくくっていた。衝撃のあまり、うっかり肩を摑んでしまったのだ。

「まあ、たしかに俺も驚いた。結構、似てる」

苅田が片手を上げてひらひらと振ると、聡太が水とおしぼりを持ってやってきた。

「ご注文はお決まりですか」

竹内は顔を上げることができず、無言でコップの水を睨む。

「Aセット二つ」

「はい、Aセットをお二つですね」

勝手に決めるなと苅田に文句を言えるほど、竹内に余裕はなかった。聡太がそばを離れる気配に顔を上げ、華奢《きゃしゃ》な後ろ姿をそっと見つめる。

「似てるが、ホンモノよりずっと小さいな」

苅田がストレートな感想を口にした。夏樹は大柄な方ではないが、身長は百七十センチあるし、健康的な筋肉がしっかりとついているので、細身だがか弱い印象はない。

だが聡太は、骨格から細いのか、ガリガリに瘦《や》せてはいないのに思春期前の少女のように華奢だった。身長は百六十五センチあるかどうか、体重にいたっては五十キロに満たないだろう。

別のテーブルにラーメン丼を運ぶ姿は、とても慣れている。けれどきれいに整った顔に覇気はなく、精巧な人形のようだ。間違っても作り物には見えない夏樹と比べると、似ているのは顔のつくりだけだった。

「生命力が百分の一くらいに思える」

ぽつりとこぼした竹内に、苅田がブッと吹き出した。

「おたくの上司は、生命力の塊みたいな人だからな」

くくくっと笑った苅田を、いつもの竹内なら「笑うな」と殴るところだが、いまはとてもそんな気は起こらない。忙しく立ち働きながらも生気のない聡太の姿から、目が離せなかった。そのくせ、聡太が視線を感じてか竹内たちのテーブルを振り返ると、視線をそらす。しばらくたってから、また聡太を目で追った。

「……竹内さん、あんた……」

一応、竹内の方が年上なので、名前を呼ぶときだけは「さん」をつける苅田に向き直ると、なにやら複雑そうな表情をしている。

「なんだ」

「あいつのこと、そんなに気になるのか？」

「……あたりまえだろう。あれだけ似ていれば」

苅田は「あ、そう」と頷いたきり、なにも言わなくなった。そのうち注文したものが運ばれてくる。聡太の細い腕が抱えた盆には、ラーメンと餃子が乗っていた。どちらも量が多い。

「Aセットです」

聡太は事務的な口調で告げ、丼と皿を置くとさっさとテーブルを離れた。追加注文しないかぎり、もう近づいてはこないだろう。

時間的に空腹だったこともあり、しかたなく竹内は箸を手にした。苅田はとっくに食べはじめている。

絶品というほどではなかったが、料金的には合格といえる味だった。餃子を咀嚼《そしゃく》しながら聡太の様子を伺う。テーブルとテーブルの間を通りぬけざま、一人の客が聡太の尻を撫《な》でたのを見てしまった。

「あいかわらず痩せたケツだな。もっと太れよ。触ったかいがないだろ」

げらげら笑う中年男に、聡太は一瞥《いちべつ》をくれただけでなにも言わない。その様子から、特に珍しい出来事ではないと知れる。一気に不愉快になった竹内は、箸を持ったまま腰を浮かした。あの中年男に反省を促さなければならない。

「おい、座れよ」

苅田に声をかけられ、竹内はぐっとこらえて座りなおした。

「こんなところで騒ぐつもりか？　俺たちは様子を見にきただけだろ」

そのとおりだ。聡太にいらぬ世話を焼いて接触しろとは言われていない。だが苅田の冷静な態度に、竹内は苛立《いらだ》ちを募らせた。

「さっきの、見なかったのか」

「オヤジがふざけてケツを撫でただけだろ。あの坊やはぜんぜん気にしていなかったじゃないか」

「慣れたんだ。いつもやられているから」

「あんたが怒ってどうする」

「あの人にそっくりの人間があんな目にあっているのに、俺は笑って許せない」

苅田は箸を止めて、呆《あき》れたような顔で竹内を見た。

「確かに顔は似ているが、あの人とは別人だろう。そんなに怒ることか？」

「だが……」

「そもそもホンモノなんて、撫でられるどころかケツそのものを俺の上司に舐《な》められて――」

衝動的に拳が出た。ガツンと苅田の頭を殴る。

「それ以上、言うな。馬鹿野郎」

「痛ぇな」

苅田はひょいと肩をすくめ、中断していた食事を再開する。伸びかけてきたラーメンを箸でぐるぐるとかきまぜながら、竹内は忙しく立ち働く聡太を眺め続けた。


その日の夜、欣二の仕事が終わる頃をみはからって、竹内は西丸組の事務所へ報告に行った。来々軒から新宿に戻ってすぐ別れた苅田は、すでに事務所に来ていた。

「苅田からだいたいのことは聞いた。吉田の言うとおり似ていたそうだな」

黒革のソファで煙草《たばこ》をくゆらせながら欣二が思案げに言った。苅田はよくしつけられた犬のように、定位置になっているドアの前に立っている。

「似ていました。背格好は違いますが」

「これを」

欣二の後ろに立っていた加賀が、A4サイズの茶封筒を差し出してきた。西丸組の息がかかった興信所の社名が、封筒の隅に印刷されている。

「見ても？」

「どうぞ」

加賀が頷いたので、竹内は中身を取り出した。想像どおり、聡太の調査書類だった。

聡太のフルネームは香西《こうさい》聡太。十九歳だ。

出身は群馬《ぐんま》県。母親は未婚のまま聡太を出産、生後半年のときに実家に預けて失踪している。祖父はすでに鬼籍に入っており、聡太は祖母に育てられたが、十六歳のときにその祖母が他界。生活苦から高校を中退し、遠い親戚を頼って上京した。来々軒で働きはじめたのは半年前からで、それまでは親戚に紹介してもらった別の飲食店に勤務。店を変わった理由は不明となっているが、未確認情報として女性の店長から聡太へのセクハラがあった疑いがあるとされている。

上京して三年になるが、いまでは親戚とは縁が切れているらしい。聡太はまさに天涯孤独な身の上の少年だった。

現在は来々軒の二階に、同僚とともに住んでいる。六畳一間に二人とは、お世辞にも充実した住環境ではない。

書類には、どこから調べたのか月給の詳細も明記されていた。家賃光熱費、食費、保険料その他、諸経費が給料から天引きされており、手取りはわずか五万円。

午前十一時から午後十時までの営業時間（途中の午後二時から五時までは中休み）にプラスして、仕込みの手伝いと清掃まで聡太はやっているらしい。おそらく十時間以上は労働している。

過酷な労働条件からみて給料はかなり少ないと思うが、高校中退の身寄りのない未成年がまっとうな仕事につき、さらに寝る場所を確保できているだけマシなのかもしれない。

封筒の底には写真が入っていた。詰襟の制服を着た聡太が、照れた笑いを浮かべてカメラを見ている。おそらく中学の修学旅行だろう、背後には京都《きょうと》の清水寺《きよみずでら》が写っていた。このころはまだ祖母が生きていた。聡太は子供らしい屈託のない健やかな笑顔を見せている。いまの聡太には、こんな明るさはない。

黙々と立ち働いていた聡太を思い出す。無表情な横顔には、なにもかもを諦めた、惰性で生きているような虚無感が満ちていた。

「西丸顧問、定期的にこの子の様子を見に行ってもいいでしょうか」

気づいたら竹内はそう言っていた。

欣二はちらりと苅田を見遣《みや》り、ゆっくりと煙草を吸いこんだ。

「そんなに気になるほど似ていたか？」

たしかに夏樹に似ていたが、それだけが理由ではない。竹内自身、はっきりと理由は摑めていなかったが――。

「……気になります」

「だったらウチの構成員の誰かを――」

「いえ、自分が行きます」

これ以上、西丸組の手を借りることは避けたい。夏樹に関することは、本来、瀧川組が対処するべきなのだ。

「……おまえがそう言うなら、任せよう」

「ありがとうございます」

竹内は深々と一礼した。


肩を摑まれた。とても大きな手だった――。あれから何時間もたっているのに、記憶は鮮明だ。

聡太はカーテンレールにひっかけてあった洗濯物を下ろし、床に座りこんで畳んだ。家事に慣れた手は勝手に動くけれど、頭の中は今日の出来事でいっぱいだった。

「これ、読み終わったからやるよ」

勇次《ゆうじ》がそう言ってマンガ雑誌を差し出してきた。聡太はハッと我に返って受け取る。

「ありがとう」

一つ年上の勇次は、六畳一間でともに生活する同僚だ。生活空間はお世辞にも広くないが、勇次が大雑把な性格なので特に大きな揉め事もなくやっていけている。

「今日さ、妙に近寄りがたい雰囲気のある二人組の客が来てたの、覚えてるか？」

今まさに彼らについて考えていた聡太は、ぎくっとして雑誌を持つ手を止めた。

「…覚えてる。一時過ぎに来た背の高い二人のことだろ」

「はじめて見る客だったよな。なにやってる人たちだろ。仕事の想像がつかねぇよ」

たしかにそれは言える。会社勤めのサラリーマンには見えなかった。二人とも迫力がありすぎた。

「あの革ジャンを着てた方の客、いいガタイしてたよな。なにで体鍛えてんだろ。首、太かったし」

高そうな革ジャンだった、と勇次は羨ましそうにぶつぶつ呟いているが、聡太はブルゾンを着ていた男がずっと気になっている。肩を摑んできた方だ。いきなり触れてきたことにも驚いているが、どこかで見たことがあるような気がする。どこだっただろう？　あんなに印象的な男、会ったら忘れないと思うのだが。

「おまえ、絡まれそうになってたな」

「あれは……そういうんじゃないと思うよ」

傍《はた》から見たら絡まれそうだったのか。でもそんな雰囲気ではなかった。聡太の顔を見て、ちょっと驚いたように目を見開いていた。すぐに革ジャンの男が咎めたので手は離れたが、しばらく肩がじんじんと熱を持ったようになった。

あのあともブルゾンの男は自分をちらちらと見ているようだった。なぜ見てくるのかと気になってしかたがなかった。あの人が見ている前で、常連客に尻を撫でられたのは嫌だったなと、聡太はため息をつく。

「お、もうこんな時間だ。オレ、寝るわ」

　勇次はさっさと二段ベッドの下に入り、覆うように張り巡らせてあるカーテンで個室空間を作った。

「おやすみー」

「おやすみ」

どこで見た人だろう――聡太は上の空で勇次に返しながら、今日の客のことが頭から離れない。

　畳んだ洗濯物を窓際のカラーボックスにつっこみ、聡太は一番上に置いてある祖母の位牌《いはい》に手を合わせた。

（ばーちゃん、おやすみなさい）

　背後の二段ベッドから早くも勇次の鼾《いびき》が聞こえてきた。心の中でそっと祖母に就寝の挨拶をし、聡太も二段ベッドに上がる。天井が近い上の段が、聡太の寝床だ。安物の布団だが、横になってくるまればホッと安堵《あんど》の息をつくことができる。

　祖母と二人暮らしの生活では、聡太はずっと畳に布団を敷いて寝ていた。親戚の家でも布団だった。ここに来てはじめて二段ベッドというものに寝ることになり、最初の数日はなかなか寝付けなかったものだ。

横になっていると、一日の疲れがじわじわとまぶたを重くした。親しい友人もおらず、特に趣味もない聡太にとって、日々はただ惰性で流れているだけだ。ときどき、なにが楽しくて自分は生きているのだろうと疑問に思うことがある。

でも祖母が慈しんで育ててくれた命を、自分のものとはいえ粗末に扱うことはできない。寿命が尽きるまで、きっとこうして生きていくのだろう。生きていくために働き、疲れ果てて深い眠りに落ちる。ただそれだけの人生を。

週に二度ほど、暇を見つけては葛飾区の来々軒まで出かけるという習慣が、竹内にできた。わざわざスーツの上着を脱いでラフに見えるブルゾンに替え、靴も磨かれた革靴からスニーカーに履き替える。ヤクザに見えないように気を遣いながら大衆的な食堂で昼食か夕食をとり、聡太の働く姿を見守った。

つぎつぎと訪れる客に「いらっしゃいませ」と機械的に声を出す聡太。空いている席に勝手に座り、竹内は聡太が近づいてくるのを黙って見た。

「ご注文はお決まりですか？」

「Aセット」

「はい、かしこまりました」

ボールペンで注文表に書きしるし、聡太はすっとテーブルを離れていく。

よく観察すればするほど、夏樹にはあまり似ていないと思うようになった。たしかに目鼻立ちは似通っているが、体格がまったくちがうし、聡太はよく働く。客の注文を取り、皿を運び、会計をして、皿を片付ける。くるくると店内を動きまわった。夏樹だったら絶対にこんなふうには動かない。椅子に座ってふんぞり返っているだけだろう。

しばらくしてラーメンとチャーハンのセットを、聡太が運んできた。

「ご注文の品は以上でよろしいですか？」

「ああ」

竹内が短く答えると、聡太はまたさっと離れていった。何度も通っている竹内は、もう常連客の一人になっている。だが聡太は竹内に店員として必要な言葉以外は発したことがなかった。顔を覚えていないわけではないだろう。現に、会計時に最近は「いつもありがとうございます」と一言付け加えることがある。

店員から客に私語を発することは禁じられているのかと思ったこともあるが、もう一人の店員の勇次がほかの常連客と気安く野球やサッカーの結果について話しているのを見る限り、サボっているのでなければ容認されているのだろう。

聡太と言葉を交わしたい。彼がいつもなにを思っているのか、知りたい。

苅田が評したように、夏樹と比べると生命力が百分の一くらいに見えた。もっと生き生きとした顔

てしかたがなかった。

夏樹に似てくるのだろうか――。欠片《かけら》も笑顔のない聡太が、竹内は気になってしかたがなかった。

竹内からなにか話しかければ返事をしてくれるだろうか。

だが、まずどうやって声をかければいいのか、考えれば考えるほどわからなくなる。苅田に相談してみようかと思いつき、すぐに却下した。絶対に笑われそうだ。

内心では悶々《もんもん》と悩みながら、竹内は箸を動かしてラーメンをすすった。

何度目かの夜、ささやかな出来事があった。

来店しては聡太に絡む客が数名いることには気づいていたが、その中のしつこい部類に入る中年男が、いつものごとく悪戯《いたずら》をする目的で聡太の背後に立ったとき、偶然、竹内はその近くのテーブル席に座っていた。聡太の尻に手が伸びたことに気づいたと同時に、さっと足を出して、その男をつまずかせる。酔っていた男は見事にひっくりかえった。

背後でドスンと音がして、聡太がびっくりした顔で振り返る。客の男は怒りで額まで真っ赤にし、竹内に摑みかかってきた。

「てめぇ、なにしやがる！」

「俺はなにもしていない」

「足出してオレをひっかけただろうが！」

「あんた、相当酔ってるだろう。ふらついたのを人のせいにするなよ」

竹内は立ち上がることなく冷静に返す。男はそれが気に入らないらしく、ますます激高した。

「きさま……、表に出ろ！」

酔っていなければ、男は竹内にケンカをふっかけたりはしなかっただろう。ラフな服装で一般人を装ってはいても、竹内にはどことなく近寄りがたい雰囲気が漂っているからだ。

聡太が心配そうな目で竹内を見ている。はじめて感情らしい感情を垣間見せてくれたことに、竹内はひそかに高揚した。

「あの、なにが……」

聡太が酔った男を見て、つぎに竹内を見てきた。いつも自分に悪戯をしてくる客が用もないのに席を立ち、すぐ後ろで転んだのだから、自然な成り行きだとは思わないだろう。中年男が主張するように、竹内が故意にそうしたとわかったにちがいない。

聡太の見ていないところで後始末をしなければなるまい。竹内はやれやれとため息をつきつつ、立ち上がった。百八十センチある長身で見下ろせば、男はみるみる威勢をなくしていく。

「外に出ようか」

「あ、いや、その……」

有無を言わさず、竹内は男の肩を摑んで店の外へと引きずっていく。視界の隅で、聡太がなにかを言いかけて口を開いたのがちらりと見えた。

外は暗かった。日が暮れた冬の街だ。この近辺には飲食店が少なく、夜まで営業している店はあまりない。帰宅を急ぐ人たちが、ときおり通り過ぎるだけだった。

竹内は狭い路地に男を引っ張っていき、ぐっと胸倉を摑む。男はすっかりおとなしくなっていた。

「おい、あんた、いつもあの子に悪戯をしているだろう。いったいなんのつもりだ」

「なにって、その、ただ、からかって…女じゃないんだし…」

「男でも不愉快に決まってるだろう。そのくらい、わからないのか」

「は、はい……」

竹内は瀧川組に入ってから身につけた玄人の凄《すご》みを隠さなかった。男はカタカタと小刻みに震えはじめ、完全に怯《おび》えている。

「あんた、二度とこの店に来るな」

「え……」

「つぎにあんたと店で会ったら、二目《ふため》と見られない顔にしてやるぞ」

男はごくりと生唾を飲み、ぎくしゃくと頷いた。竹内はぱっと男を離す。

「今夜は俺の奢《おご》りだ。このまま帰れ」

「す、すみません……」

ぺこぺこと頭を下げながら、男は夜道を逃げるように走り去っていく。男の後ろ姿が見えなくなるまで、竹内は油断なく目を光らせ続けた。

さて、とブルゾンのポケットから煙草を取り出し、一本くわえる。店内に戻りづらい。かといって支払いくらいはしていかないと、あの男と二人して食い逃げになってしまう。

「あの……」

路地の出口から細い声が聞こえた。聡太だった。暗い路地に立つといっそう線が細く、消えてしまいそうなほど儚げに見える。

「だ、大丈夫でしたか…？」

聡太は竹内を見上げて、小さく訊ねてきた。注文のやりとり以外ではじめて声を聞き、竹内はにわかに動揺した。くわえただけで火をつけていなかった煙草を箱に戻す。

「あの、もう一人のお客さんは？」

気遣わしげにあたりを見回す聡太に、竹内は財布から出した一万円札を差し出した。聡太は首を傾《かし》げながらそれを眺める。

「あの男は帰った。俺ももう帰るから、これは二人分の料金だ」

「あ、はい。じゃあおつりを……」

「いや、つりはいい。おまえがとっておけ」

「えっ？」

聡太は目を丸くして、一万円と竹内を交互に見る。来々軒は安いのが売りだ。さっきの男はビールを注文していたが、二人合わせても三千円程度だろう。驚いている聡太の手を取り、竹内は札を握らせた。聡太の手は冷たくて、指先が荒れている。胸のどこかが、かすかに疼《うず》いた。

「いつも頑張《がんば》っているから、小遣いだ」

「えっ……」

「いいから、とっておけ」

困惑も露《あらわ》な黒い瞳で見つめられ、竹内はもぞもぞと落ち着かない気分になってくる。

「こんなに、もらえません」

「たいした金額じゃないだろ」

いいから、と竹内は強引に押し付ける。

「あー…と、さっきの男はたぶん二度と来ないから、安心しろ」

完全な営業妨害だと竹内が気づくのは、翌日になってからだ。

「あなたも、もう来ないんですか？」

「来ないほうがいいなら、来ないが……」

「そんなことは言っていません。あの、来てください」

聡太の細い指が、竹内のブルゾンの袖をぎゅっと摑んでいた。

「さっきのお客さんが転んだのって、あなたがやったんですよね？」

「あ、いや……」

「ありがとうございます」

聡太はふっと微笑んだ。薄暗い路地に、ひっそりと花が咲くように。はじめて見る聡太の笑みに、竹内は目を奪われる。

「俺を庇《かば》ってくれる人なんて、だれもいないと思っていました。嬉しかったです」

「……………そうか」

竹内は落ち着かなさが最高潮に達しそうになり、そそくさと路地から出た。そのまま来々軒から遠ざかる。

「また来てください」

聡太から声をかけられ、振り向かないままで手を振った。


まだどきどきしている。

聡太は風呂を済ませ、着古したジャージに着替えて部屋に戻ってからも、そわそわと落ち着かなかった。意味もなく雑誌をめくり、今日の出来事を何度も頭の中で思い出す。

あの人と話をしてしまった。お金を渡されたときに手が触れた。いつも頑張っているからといって、つりを小遣いにしろと言ってくれた――。なんていい人だろう。信じられない。あんな人が存在するなんて、聡太を気にかけてくれるなんて、奇跡としか思えない。

体は疲れているはずなのに眠気は感じなかった。なんだかじっとしていられなくて、聡太はジャンパーと財布を摑んで部屋を出た。勇次は聡太より先に風呂を済ませており、階段の下で携帯電話をかけていた。

「ああ、うん、そうだよ。なに言ってんだ」

機嫌よく話している様子から、幼馴染みの彼女だとわかる。写真を見せてもらったことがあるが、小柄なかわいらしい感じの女の人だった。

勇次は聡太とちがい、都内にきちんと実家があり、高校を卒業していた。兄ができちゃった結婚をして実家に同居することになったため、勇次は出てきたらしい。転勤が多い会社に勤めているという勇次の兄は、おそらく数年後には国内のどこかに異動の辞令がくだり、実家からいなくなるそうだ。そうしたら勇次は家に戻るつもりだと言っていた。

階段を下りていく聡太に気づき、勇次は見上げてきた。

「ちょっとコンビニ」

小声で聡太が告げると、話しながら頷く。勇次の横を通り過ぎ、聡太は外に出た。寒い。もうそろそろ冬だ。外気は冷えて、夜空に浮かぶ月がくっきりと真円を描いていた。

近所のコンビニまで足早に行き、自動ドアをくぐって暖かな空気にほっとする。買いたいものがあって来たわけではなかったから、聡太はぶらぶらと雑誌コーナーに近寄った。マンガ雑誌はほとんど読んでいる。客用として定食屋に置いてあるし、置かれていないものはマンガ好きの勇次が買っていた。

マンガ雑誌の隣はスポーツ系の雑誌が並ぶ。そのさらに横には十八禁のエロ系雑誌だ。聡太はなんとなくスポーツ系の雑誌の前に立った。ゴルフ、野球、モータースポーツなど、さまざまな競技の雑誌がある。

ふと、陸上競技の雑誌に目が行った。かつて聡太は陸上部に所属していた。運動神経は特に発達していなかったらしく、なにをやってもパッとした成績は出せなかったが、友達とランニングしたり柔軟体操をしたりするのは楽しかった。『月刊・陸上競技』――この手の雑誌はいつもだれかが買ってきて部室に置いてあったものだ。懐かしくなって手に取る。十月に行われた国体と、箱根駅伝の予選会の結果が特集されていた。

ふと、なにかがひらめいた。記憶の奥底で、捜し求めていたものがキラリと光を放ったように。

「あ……もしかして……」

あの人。昔、陸上競技をやっていなかっただろうか――？　年齢はたぶん十歳くらい年上なので、聡太が陸上をやっていた中学時代、あの人は大学生か、ちょっと出たあたりかもしれない。こんな雑誌に顔が載るような有望選手だったなら、どこかで見たことがある顔なのも頷ける。名前を聞いたら、思い出せるだろうか。今度、名前を聞いてみようか。いや、そんなのは唐突すぎる。絶対に変だと思うに決まっている。

「あ……」

無意識のうちに、陸上雑誌を胸に抱えてぎゅうぎゅうと抱きしめてしまっていた。あきらかに皺が寄っている。聡太は迷った末に、千二百円もするその雑誌をレジに持っていった。

次に店を訪れたとき、竹内の姿を見て、聡太はちょっとだけ口元を綻ばせた。

いままでとはほんのすこしちがった、慕わしげな声の響きは錯覚ではないだろう。竹内がテーブル席につくと、聡太はすぐに水を入れたコップを運んできた。

「いらっしゃいませ」

「あの、このあいだはありがとうございました。それでこれ、おつりです」

チャックがついたビニール袋がテーブルに置かれる。千円札と小銭が入っていた。

「小遣いにしろと言ったはずだが」

「こんなにたくさんもらえません。それに、これだけあったら、何回もここに食べにこられます」

何回も来てくれということか。竹内は思わず聡太の整った顔をまじまじと見つめてしまった。

聡太は視線をそらして、そそくさと奥に引っ込んでしまう。だが嫌われたわけではないらしいのは、客の注文を取ったり運んだりとせわしなく店内を歩いている最中、ふと竹内と目が合うたびに、冷たい表情をほのかに緩ませてくれることからわかる。ささやかな態度の変化に、竹内はなんともいえない温かさを感じた。まるで野良猫を手懐けているような感覚だ。

竹内が食事を済ませてレジに立つと、聡太が小走りにやってきた。会計をしているあいだ、特に会話はない。だが聡太は店の外まで見送りに出てきてくれた。他の客に、こんなことまではしない。

「ありがとうございました」

深々と頭を下げる聡太の髪に、竹内はつい手を伸ばしてしまった。栄養が足らないのか、染めてもいない聡太の黒い髪はパサついている。さらりと触れて、すこし驚いている聡太に、竹内は苦笑した。

「……おまえは真面目なやつだな。まあ、頑張れよ」

それだけしか言えなかった。聡太は離れていく竹内の手を目で追い、視線を落とす。

「おい、なにやってんだよっ」

出入り口のドアが開いて、そばかす顔の若い男が聡太に声をかけてきた。聡太と同様、この店の従業員で、名前はたしか勇次。加賀にもらった聡太の調査書類の中にあった。

「このクソ忙しいときに客の見送りなんてしてんじゃねぇよ。店長がキレかかってんぞ」

「聡太、この馬鹿野郎ッ！」

厨房から野太い怒鳴り声が響いてきて、聡太は首をすくめた。そんなに長話をしていたわけではない。客が何人もいる前で従業員を怒鳴るなど、店の程度が知れるというものだ。竹内は店長になにか言ってやろうかと思ったが、おそらく聡太はそんなことは望んでいないだろう。

「じゃあ、またな」

俯いたまま、もう一度ぺこりと頭を下げ、聡太は店の中に戻っていった。

ランチタイムの騒々しさが一段落つき、最後の客が帰っていったあと、聡太は勇次と二人で店内をザッと掃除した。まかないの昼食を食べた後、夕方まで休憩だ。今日はまだ、あの人は来店していない。このあいだ来たのは三日ほど前なので、そろそろ来るころかなと待っていたが、姿を見せなかった。たまに夜になってから来ることがあるから、もしかしたら今日はそうかもしれない。

あの人に会ったら名前を聞きたいと思っている。でもどうやって切り出したらいいのだろうか。いきなり「名前を教えてほしい」なんて不審すぎるような気がする。会計のあとに外まで追いかけていって名前を聞くのもやりすぎだろう。そもそもそんなことをしたら店長にまた怒鳴られる。

考え事をしながら昼食をとったら、味がよくわからなかった。

聡太は壁にかかっている近所の酒屋の店名が入ったカレンダーを見て、日にちを確認する。

「ちょっと聞きたいことがあるんだけど」

テーブルの向かい側でのろのろとおなじチャーハンを食べている勇次に声をかける。マンガ雑誌を読んでいた勇次は「なに？」と顔を上げずに返事をした。

「このあたりに花を売っているところってある？」

「花？」

勇次が不味《まず》いものでも飲みこんでしまったような奇妙な顔で聡太を見てきた。

「花なんか、どうすんだよ。好きな女でもできたのか？　女の誕生日とか？」

「ちがうよ」

花と聞けば即、女と連想する勇次に、聡太は苦笑する。

「祖母の命日なんだ。毎年、花だけは買うようにしているから」

「ああ、そういうこと。だったら菊？」

「高級な花屋じゃなくていい。スーパーの片隅に百円とか二百円とかの花束が売っているところってある？　そういうところの安い仏花でいいんだ」

この飲食店に住みこみで働きはじめて半年以上がたつが、まかないが出るので自炊の必要はなく、嗜好品《しこうひん》などはコンビニで事足りる。祖母の命日に花が欲しいと思ったとき、近所に商店街やスーパーがあるかどうかすら、いままで知らなかったことに気づいたのだ。

「そこの駅の北側にスーパーがあるぜ。そんな大きい店じゃないけど。花は……売ってたかな……」

「ありがと。行ってみる」

「なかったらごめんな」

「いいよ、明日でもいいし、店長に聞けば知っているかな」

昼食を終えてすぐ、聡太は中学時代から使っている古ぼけた二つ折りの財布を持って出かけるしたくをした。店長は厨房奥の事務室で椅子に座ったまま昼寝をしていた。起こしてまで花のことを聞く気にはならなかったので、とりあえず勇次に教えてもらったスーパーへ向かう。

外は寒風が吹き、空は重い鉛色になっている。肘が擦り切れて中身のダウンがはみ出そうなジャケットを羽織り、聡太は最寄りの駅を目指した。いつも利用しているコンビニの前を通り過ぎたところで、驚くことがあった。

背が高い人が正面を歩いてくるなと思っていたら、あの人だったのだ。ほぼ同時におたがいに気づき、足をとめる。いつものブルゾンを着ている彼は、この寒い中、前を開けていた。インナーは上質そうなニット。柔らかな素材は胸の筋肉の形に盛り上がっている。いつも薄着だなと思っていたが、暖房のきいている室内ではなくこうして外で出会ってみるとリアルだ。

「もうランチタイムは終わったようだな」

店に来ようとしてくれていたらしい。

「あ、はい、終わりました、すみません」

「おまえが謝ることはない。俺が遅かっただけだ。そうか、終わったか……」

彼はひとつ息をついてから、聡太をあらためて見下ろしてくる。二十センチ近くはある身長差のせいか、威圧感があった。だが聡太はこの人を怖いとは思わない。たまに荒っぽい客がいるから慣れてしまったこともあるだろうが、この人が見かけとちがって優しいと知っているからだ。

「どこへ行くところだった？」

「花を買いに行こうと思って……」

「花？　だれかに贈るのか？」

勇次のように即座に「女か？」とは言わなかったが、そう思っているのが表情から読めた。まじまじと探るように見つめられて、聡太は慌てて事実を告げた。

「今日が祖母の命日なので、仏花を」

「ああ、そうか」

なんだ、とでも言いたそうな顔になり、彼はあたりを見渡した。

「このへんで花を売っているところがあるのか？」

「あそこの駅前の北側にスーパーがあるので、そこへ行きます」

指差した先には駅前のロータリーがあり、バスやタクシーが行き交っているのが見えた。めったに出かけないので電車を利用することも少ない。必然的に駅の北側にあたる向こう側には行ったことがなかった。

「花屋じゃなくて？」

「一束百円か二百円の、安い仏花でいいんです」

ふーん、と彼は頷く。ごく自然に立っているだけなのに、独特の雰囲気があってやはり格好いい。このあたりに住んでいるのだろうか。それとも、勤め先があるのだろうか。職種がどういったものなのかもぜんぜん知らない。

来々軒のランチタイムが終わったと知り、この人はこのあとどうするつもりなのかと気になる。どこか別の店で腹ごしらえをするにちがいない。偶然にも道端でばったり会えて、しかもすこしだけ会話ができて嬉しかったけれど、聡太も時間が豊富にあるわけではなかった。店を出たとき三時頃だった。中休みを挟んで営業再開時間は午後五時。聡太はその三十分前には店に入って下ごしらえの手伝いをしなければならない。スーパーまでの往復にかかる時間を考えると、いつまでもここで立ち話をする余裕はなかった。

本当はもっと話したい。名前を聞きたい。でも――。

「あの、それじゃあ、俺は……失礼します」

ぺこりと頭を下げて駅の方へと足を踏み出したところで、彼が「俺も行こう」と言い出した。

「えっ……」

「迷惑か？」

「い、いいえ、そんなことは、ないですけど……」

なぜ、どうして、と疑問が湧いてきたが、さっさと先に歩かれてしまってはついていくしかない。長い足で颯爽《さっそう》と歩いていく彼を、聡太はちょこちょこと小走りで追った。

平日の午後だからか、駅前はちいさな子供を連れた若い母親と老人が目についた。そこにちらほらと中高生らしき制服が混じっている。もう授業が終わったところがあるのか。

ふと、前を行く彼が女性たちの注目を浴びていることに気づいた。

「ねぇ、あの人カッコいい」

すれ違いざまにそう呟く声が聞こえてきて、聡太はなんだか誇らしかった。言われている当人にも聞こえているだろうに、まったく反応せず前だけを見ている。やっぱりだれが見ても格好いいのだ。

駅を通り過ぎ、勇次に教えてもらったスーパーを見つけたが、生憎《あいにく》と花は売っていなかった。

「ここまで付き合ってもらったのに、買えなくてすみません」

彼になんと言っていいかわからなくて、聡太はとりあえず謝った。

「おまえのせいじゃないだろう」

「でも……」

「他の店を探すか」

「いえ、土地勘がないので探そうにも探せませんし、もう時間がないので戻ります」

彼は「ちょっと待ってろ」と言い置き、ブルゾンのポケットから携帯端末を取り出した。慣れた手つきでなにかを操作している。聡太は携帯電話自体を持ったことがないので、最新の電子機器には疎い。現在のそれがパソコンと同等に物事を検索できるとは知らなかった。

「あったぞ、花屋」

「えっ……」

「こっちだ」

携帯端末を手に持ったまま、彼がくるりと踵《きびす》を返す。聡太は慌ててあとを追った。ついていくと、スーパーがあった場所とは駅を挟んで反対側に位置するところに小規模な商店街があった。その中に、小さな花屋を見つけた。店はこぢんまりとしているが、店内にはありとあらゆる花がひしめきあっていて、店の奥のガラスケースの中には高級そうな大輪のバラが山ほどバケツに入れられていた。

「仏花はあるか」

聡太が「わぁ、すごい」と大量の花に圧倒されているあいだに、彼が店員に声をかけてくれた。

「はい、ございますよ。こちらです」

若い男性店員が示したのは、三百円と千円の菊の束だった。聡太は迷わず三百円のものを買おうとしたのだが、それより前に彼が千円のものを手に取ってしまった。

「いくつ欲しいんだ。ひとつか、ふたつか」

「あ、え、ひとつでいいです。あの、でも、そっちじゃなくて……」

大切な命日だけれど薄給の身で千円の花は高すぎる。聡太が慌てて三百円のものにしてもらおうと、彼を制止しようとしたが遅かった。

「ありがとうございます。税込で千八十円になります」

目の前でレジを通されてしまった。もうしかたがない、諦めて財布を出そうとしたら、彼が素早く店員に現金を差し出した。ぽかんと突っ立っている聡太に、彼が「ほら」と花を差し出してくる。

「あ、あの……」

「これが欲しかったんだろ?」

「……はい……」

よし、とでも言いたげな満足した顔をして、彼は「戻るぞ」と聡太の背中をぽんと叩いた。

「でも、これ……」

「おまえが真面目で働き者だから、俺からちょっとした気持ちだ」

思いがけない言葉をもらえて、聡太は瞠目《どうもく》した。驚いている聡太をちらりと横目で見遣り、彼はひとつ息をつく。

「そんなにびっくりするほどのことじゃないだろう。俺はただ、おまえになにかしてやりたかっただけだ。頑張っているからな。小遣いなんか渡しても受け取ってくれそうにないし、どうしようかと考えていたんだ。祖母《ばあ》さんの命日に花を買うくらい、祖母さん子だったんだろう。亡くなった人を大切にするやつは、嫌いじゃない。それだけのことだ」

彼はふいっと歩きだす。

千円の菊の花束は、見比べてみると三百円のものよりやはりきれいだった。白と黄色と葉の緑が目に眩《まぶ》しいくらいだ。もしかしたら彼は、聡太についていくと決めた時点で、買ってくれるつもりだったのだろうか。

「おい、時間がないんだろ」

数メートル先で振り返り、彼は待ってくれている。聡太は駆け足で近づき、頭を下げた。

「ありがとうございます。嬉しいです」

これは施しなんかではないと、めったに他人に奢られたり贈りものをされたりしたことがない聡太にだってわかった。彼は、聡太の祖母のために、純粋な厚意で花を買ってくれたのだ。

「祖母も喜ぶと思います」

「そうか」

彼は短く答えながら視線を泳がせて、すぐにまた歩きだした。

「俺のこと、働き者って言ってくれて、嬉しいです……」

さっきは彼の後ろをただついていくようにして歩いた聡太だが、思い切って横に並んでみる。二十センチ上にある彼の顔をちらりと見上げると、硬質な顎のラインに見惚《みと》れそうになった。

「あの、このあたりでお仕事をしているんですか？」

「ん、まぁ、そんなもんだ」

仕事はなにをしているのか彼の方から口にしてくれないかなと期待して待ったが、なにも言ってくれなかった。とりあえず名前を知りたい。そして、できれば陸上競技をやっていたかどうかも。もしかつて陸上専門誌で見かけた選手だったなら、これほど嬉しいことはない。

どうやって切り出せばいいのか歩きながらぐるぐると考えていた聡太は、自分が電信柱に激突しそうになっていることに気づかなかった。

「おい、前を見て歩け」

いきなり右腕を引かれて、あっと思ったときには彼の胸に寄りかかる体勢になっていた。ゼロになった距離に唖然《あぜん》としている聡太の頭上で、彼がため息をつく。

「電柱にみずからぶつかっていくとか、そういう趣味なのか」

「い、いえ、そんな……すみません！」

慌てて彼から離れる。周囲を見ずに勢いよく歩道上で飛びすさったものだから、こんどは歩道脇の植え込みに足を取られて転びそうになった。

「おいっ」

また彼が聡太の腕を摑んで引き寄せてくれる。軽々と聡太の体を引いてしまえる力に、うっかり陶然としてしまいそうになった。

「おまえ、落ち着いているように見えて、わりとそそっかしいんだな」

「……すみません……」

「ちゃんと前を見て歩けよ」

「はい……」

「店まで送る」

子供でも危険なく歩ける真っ昼間の住宅街なのに、目を離したらいけない存在と思われてしまったようだ。そこからはもう無言だった。聡太は自分のドジさ加減に自己嫌悪していたし、彼は彼で眉間に皺を寄せて難しい表情をしている。なにも聞けなかった。

店の前に着くと、彼は「準備中」の札がかかったドアの前で背中を向け、「じゃあな」と去っていく。

「ありがとうございました」

もう一度礼を言うと、振り向かないままで片手をひらひらと振ってくれた。見えなくなるまで見送って、聡太は裏口から二階に上がった。勇次はベッドに寝転んでマンガを読んでいた。

「おかえりー。花は買えたみたいだな。あのスーパーにあったのか？」

「ただいま。あそこにはなかったよ。でも近くに花屋があって、そこで買えた」

「そっか」

あの人に会って、花を買ってもらったことは言わなかった。なんとなく秘密にしておきたくて。無意識のうちに、自分だけの大切な思い出にしておきたかったのかもしれない。

聡太はひとつだけ持っている花瓶とハサミを手に、洗面所へ行った。菊の茎を短く切り、花瓶に生ける。部屋に戻ると、それを位牌の横に置いた。両手を合わせて、目を閉じる。

心の中で祖母に報告した。この花はあの人が買ってくれたこと、はじめて二人並んで歩いたこと、真面目で働き者だと言ってもらえたこと、いくつかドジをしてそそっかしいと思われたこと、でも名前は聞けなかったこと、そして……なぜか、あの人のことを想うと、世界が明るく見えること、明日はいいことがあるような気がすること——。

祖母が亡くなってからただ漫然と生きてきた聡太にとって、それははじめての感覚だった。


一日の最後に夏樹を欣二のマンションまで送っていけば、竹内の仕事は終わる。

いつ呼ばれても行けるように、竹内はそのマンションから徒歩十分圏内に住んでいた。なんらかのトラブルがあって車を出せなくても、自分の足で走っていけば数分だ。いまでも暇を見つけてはランニングをして体が鈍らないようにしている。

自宅マンションの地下の駐車場に黒塗りのベンツを入れ、竹内は周囲を警戒しつつ建物に入った。欣二のマンションよりは格が落ちるが、一応オートロックのついた高級といわれるランクの部屋が住まいだ。警備員も常駐している。とはいえ、まったく部外者が入れないとは言い切れず、竹内は自分が瀧川組の幹部の一人であることをいつも忘れないようにしていた。夏樹の右腕であるという自負がある。もし自分がそばにいられなくなると、夏樹はきっと困るだろう。

エレベーターに乗ろうとしてボタンを押したとき、背後に人の気配を感じた。弾かれたように振り返った先には、莇田が立っていた。飄々《ひょうひょう》とした態度に緊張感はまるでない。だがどこに潜んでいたのか、竹内にはわからなかった。これが敵対している組の鉄砲玉だったら、竹内は死んでいたかもしれない。不覚だ。

「おまえ、来るなら来ると事前に連絡くらいしろ」

つい不機嫌さを隠せずに文句を言うと、莇田はニッと笑った。

「不意を突いて、竹内の素の顔を見てみたかったんでな」

「酔狂だな」

「おまえほどじゃない」

どういう意味なのかと問おうとしたが、莇田が革ジャンのポケットからてのひらサイズの丸いものを出して投げてきた。緩い放物線を描くそれを、竹内はとっさに受け取る。プラスチックの球型ケースは、子供のころによく親にねだって買ってもらった、百円硬貨で買えるオモチャのように見えた。

「なんだ？」

「ネコのストラップが入ってる。それ、いま流行《はや》ってんだってさ。女にもらったんだけど、俺はいらないから、おまえにやる」

開けてみると、本当にネコのストラップが入っていた。ミニサイズのネコはとてもリアルに作られていて、どこかに飛び移ろうとしている瞬間なのか、某スポーツメーカーのマークのようなポーズを取っている。ただし三毛ネコだ。頭の部分に金具が埋めこまれ、そこに細い紐《ひも》がつけられていた。

「……俺が、こんなものを欲しがるように見えるのか」

「見えないな」

「おい」

「来々軒の坊やなら欲しがるかと思って」

投げ返そうとした竹内は、思わずぴたりと動作を止めてしまった。

「…………なに？」

「あいかわらずせっせと通ってるそうじゃないか」

「それがどうした。俺が請け負った案件だろ」

「まぁそうだが、そろそろケータイの番号くらい聞き出したかなと思って、それを持ってきた」

携帯電話の番号はまだ聞き出せていない。仏花を買ってやったとき、あきらかに聡太の態度が親しげになった。あのとき聞けば、きっと教えてくれただろう。

「なぜだか、調べてもあの坊やのケーバンがわからないんだよな。あんたさ、こっそり坊やのスマホに追跡できるアプリを入れろよ。そうしたら、わざわざ店に通わなくても、離れた場所で所在が確認できるだろ」

そのくらいのことは竹内だって思いつく。だがいつ聡太の携帯端末に触れる機会があるというのだ。そこまで親しくなるには、かなり強引な手を使うか、それともじっくり時間をかけるかのどちらかだろう。

「あんたができないいなら、俺が出張《でば》ってもいいいんだぜ」

「よせ。出てくるな」

即座に拒む言葉が出てきた。苅田がひょいと片方の眉を上げて、眇《すが》めた目で竹内を見てくる。不意に独占欲が顔を出して苅田を撥《は》ねつけた自分に、竹内は内心困惑する。あからさまに顔に出すようなヘマはしなかったが、苅田は気づいただろうか。

「あの子に関しては、俺が責任を持って監視すると、そっちの顧問と約束した。余計なことはしなくていい」

「んー……、まあ、そういうことにしておこうか」

「どういう意味だ」

いちいち苅田はひっかかる言い方をしてくる。ひょいと肩をすくめて、苅田は「またな」と地下駐車場へ通じている自動ドアを出ていく。どこかに車をとめていたらしい。

竹内はひとつ息をつき、エレベーターのボタンを押す。エレベーターに乗りこんでから、ネコのストラップをまじまじと見つめた。こんなものが流行っているのかと感心しこそすれ、自分の携帯端末につけたいとは思わない。

こんど聡太に会ったとき、あげてみようか。これをきっかけにして携帯番号を聞き出せるかもしれない。莉田の思いどおりになるようで癪《しゃく》だったが、せいぜい利用させてもらおうと思った。


生ゴミを袋にまとめてきつく縛り、聡太は裏口から外に出る。大型のポリバケツにゴミを入れ、蓋をした。契約している回収業者が定期的に取りに来てくれるので、野良ネコやカラスが散らかさないように、きちんと蓋をしてさえおけばいい。夏場は臭うことがあるが、冬のあいだはそういうこともなく、近所の苦情にびくびくしなくていいので気が楽だ。

十二月の空を見上げる。薄くかかる雲のあいだに青空が覗いている。やはり冬の方が空気が澄んでいて、空が高く感じられた。空腹を覚えて、今日の昼食はなんだろうかと気になる。いつもラーメンかチャーハンだが、美味《おい》しいので飽きたと思ったことはなかった。ときどき青菜の炒《いた》めものや春巻きをつけてくれることがある。店長は短気で給料は安いが、まかないには満足していた。

朝食と休日の食事は自分で作る。二階の隅に簡易キッチンがあり、自由に使っていいことになっていた。ただしガスと水道代は勇次と折半になる。自分で作るとき、聡太はできるだけ野菜をとるように心掛けていた。

そういえば、あの人――。いつも注文するものはセットになっているメニューだ。ラーメンと餃子とか、ラーメンとチャーハンとか。聡太が言えることではないけれど、バランスのいい食事はとれているのだろうか。

不意に鼻がむずむずして、クシャンとくしゃみが飛び出た。じっと外に立っているとトレーナー一枚では寒い。もう中に戻ろう。すると「おい」と声をかけられた。声の方へ目を向けると、なんと、あの人がいた。

「よう、元気か」

目が合って、カアッと一気に頭に血が上る。いつものブルゾン姿でゆったりと歩み寄ってくる彼は、やはり格好よくて目を奪われた。

「げ、元気です……。あの、もうランチタイムは終わりました」

「知ってる。二時を過ぎているからな。今日はこれをおまえにやろうかと思って持って来た」

彼が差し出した手には、ミニサイズの三毛ネコのフィギュアが乗っていた。よくできている。躍動感があった。頭の金具に細い紐がついているので、きっと携帯電話のストラップだろう。

「すごくかわいいですね」

「人にもらったんだ、俺は使わないから、おまえにどうかと思って」

「……嬉しいです」

特にネコが好きというわけではないし、高価なものというわけでもないだろう。けれど、この人にもらったというだけで、舞い上がりそうになるほど嬉しい。

てのひらにぎゅっと握りしめて、彼を見上げる。

「ありがとうございます。大切にします」

「……そんな大層なものじゃない。ただの携帯ストラップだ。人からもらったものだし」

彼は視線をそらして不機嫌そうに口を歪《ゆが》める。怒っているわけではなく、照れているらしいとわかるから、聡太はつい笑みを浮かべてしまう。

「わざわざこれのために来てくれたんですか？」

「……近くで用事があったから、そのついでだ。大切にするなら、ちゃんと携帯につけろよ」

「あ、すみません、あの、俺……携帯を持っていないんです」

「えっ？」

正直に答えたら、彼はものすごくびっくりした様子で振り向いた。たしかに、だれにそう言っても驚かれる。いまどきの若者が携帯電話を持っていないなんて、思ってもいないからだろう。

「持っていないのか？」

「必要がないので……。欲しいと思ったこともないですし」

「…………」

彼はまじまじと聡太を見つめたあと、ため息をついた。どうやら落胆させてしまったらしい。せっかく携帯ストラップを持ってきてくれたのに、それをつける携帯電話を持っていないのだからがっかりもするだろう。

「ごめんなさい……」

「いや、おまえが謝ることじゃない。そうか、持っていないのか……」

彼はしばし考えたあと、「今後も持つつもりはないのか？」と聞いてきた。

「そうですね……。もし、仕事を変えなくちゃならなくなって、そこで携帯が必要なら用意します。でもここで働いている以上、特に不自由はないです。連絡を取りあいたい親戚も友人もいないから」

そう言ってしまうとなんとも寂しいかぎりだが、ずっとこの状態なので慣れてしまっている。

「あ、でも、このストラップはください。お守り代わりに財布につけます」

「そのネコがお守り？」

「……変ですか？」

「いや、おまえがいいなら、そうしろ」

ふっと彼が唇を綻ばせた。一瞬だけ柔らかな笑みを見せてくれて、聡太の胸は締めつけられるように甘く痛んだ。

「じゃあ、また来る」

「ありがとうございました」

彼の後ろ姿にペコリと頭を下げる。見送ってから、手の中のネコをじっと見下ろした。もらってしまった。嬉しくてたまらない。弾む足取りで裏口から中に戻り、二階へと駆け上がる。自分の財布を取り出して、ファスナーのつまみの部分にストラップの紐を通した。

「……かわいい……」

ぶらぶらと揺れるネコを、聡太は飽きずに眺めた。

「おまえ、女ができただろう」

夏樹に断定口調で言われ、竹内はぎょっとした。恒例になっている、組直営の店の見回りの最中だった。

周囲に目を光らせながら雑踏を歩いていた竹内は、夏樹のいきなりの発言に、思わず足を止めてしまう。

「いったいなんですか？」

さっさと先を歩いていく夏樹を慌てて追いかけた。

「女ができただろうと言ったんだ」

「できていません」

「俺に隠し事をするのか。別に女くらい作ってもかまわないんだぞ」

「だから、作っていません」

ふたたび歩き出し、二人はキャバクラが入居しているビルの中に入っていく。エレベーターに乗りこみ、夏樹は壁にもたれて立った。

「俺が面倒がって特定の女を作らないことくらい、若頭はよくご存知でしょう」

学生時代は真剣に付き合った女もいたが、この世界に足を踏み入れてからは後腐れのないタイプとたまに寝るくらいで、恋人は作っていない。そもそも、いまの立場にいる竹内に近づいてくるような打算まみれの女は、本命になどなりえなかった。

「どうして俺に女ができたと思うんですか」

目的の階のボタンを押しながら、竹内は逆にそう訊ねてみる。

「雰囲気が浮ついているような感じがする」

浮ついていると言われて喜ぶヤクザなどいない。ましてや竹内は若頭である夏樹の側近だ。もしものときには弾除《よ》けにもなる必要があるし、夏樹が暴走しそうになったときは止めなければならない。常に沈着冷静な対応が求められる立場だった。

「俺のどこが浮ついていますか」

「だから雰囲気だって言っただろ。なんだ、怒ったのか」

「いいえ。自分では気づかないうちに弛《ゆる》んでいたのかもしれません。ここのところ平和だったので。どこが悪いのか、はっきりと指摘してください」

神妙な顔でそう願い出たが、夏樹は澄ました顔でエレベーターを降りてしまう。

「若頭」

「別におまえが多少浮ついていても、仕事に支障はない。女ができたなら隠すことないだろうと言いたかっただけだ」

「でも、俺は……」

「しつこい」

不快そうに眉間に皺が寄った顔をされ、竹内は引き下がった。

「いらっしゃいませー」

「あー、社長だぁ」

きらびやかだが安っぽい装飾がほどこされたキャバクラ「ラブ・ハイビスカス」に足を踏み入れると、とたんに四方八方から若い女性の声が飛んできた。

夏樹は厳密に言えば社長ではないが、一般客もいる中でまさか若頭と呼ばせるわけにもいかない。竹内の指図で、夏樹はほとんどの店で社長と呼ばれていた。

「社長～、こっちに来てぇ」

「いやーん、あたしの席に来て～」

女の子たちは競って夏樹を呼ぼうとする。それらを上辺だけの笑みで軽くあしらいながら、夏樹は店の奥へと足を進めた。竹内は黙ってついていく。

「竹内さーん、ねえねえ、竹内さぁーん」

甘ったるい声で竹内を呼ぶ女の子もいるが、完全無視だ。夏樹のように作り笑顔で応えることもしない。以前から店の女の子たちに愛敬をふりまく気はなかった竹内だが、最近は特に毛の先ほども心を動かされることはなくなっている。派手なメイクと肌も露なスリップドレスを着た彼女たちとあの子を、無意識のうちに比べてしまうからだ。

あの子——聡太は、あんな化粧をしていない。男を誘うために肌を露出してもいない。つつましやかで、控え目で、はにかんで俯くときの伏せられたまつげがきれいだったりする。

とにかく、どの女の子よりも聡太の方がレベルが上だとしか思えないのだ。

もちろん、そのさらに上に夏樹が君臨している。竹内の斜め前を歩く夏樹は、口角をわずかに上げてアルカイック的な笑みを浮かべていた。ただ造形的に美しいだけでなく、きらきらとした生命力に満ち溢《あふ》れている。夏樹が太陽なら、聡太は月といったところか。顔は似ていても、人としての種類がまるでちがっていた。

太陽は勝手に燃え盛って輝いているが、月は照らしてくれるものがないと光れない。月は、きっと大切に守ってやらなければならないのだ。

しかし、聡太が携帯電話を持っていないことには驚いた。どうりで調べても番号がわからないはずだ。連絡を取りあいたい親戚も友人もいないと言った聡太は、それがどんなに孤独なことなのか、きっとわかっていない。不憫《ふびん》でならなかった。

竹内が購入して、こんど会ったら渡そうか。自分の携帯番号とメールアドレスを登録しておいて。あの子はどんな反応をするだろう。余計なお世話だと気分を害するだろうか。ネコのストラップは喜んでくれたが、携帯電話はやりすぎかもしれない。せっかく親しくなれてきたのに、ここであの子を怒らせるのは――。

「おい、竹内」

聡太のことで頭をいっぱいにしていた竹内は、夏樹に呼ばれてハッとした。きれいな唇がゆっくりと弧を描く。なにかいいものを見つけた、とでも言いたげな笑みだ。

「いま、女のことを考えていただろう」

「………ちがいます」

聡太は女ではないから、ちがう。

夏樹は竹内の否定を信じていない目をして「ふーん、そうか」とまた歩きだす。さらに店の奥へと進んでいくと、スタッフオンリーと書かれたドアの前で、黒服姿の店長が待っていた。

「竹内、大切な存在ができたなら、隠さずに言えよ」

店長に聞こえないていどの小声で、夏樹がこそっと囁《ささや》いてきた。

「もしものときに危害が及ばないよう、対応しなくちゃならない。幹部の女は…ましてやおまえの女なら、俺は把握しておきたい。別に取って食うつもりはないから」

そう言われて、やはり竹内は聡太の顔を思い浮かべてしまう。聡太は女ではない。特別に親しいというほどでもない。ただの客と店員よりも一歩親しくなった間柄ではあるだろうが、まだ友人でもない。

「若頭、誓って、そんな女は……いません」

繰り返し否定する竹内を、夏樹はじっと見つめてきた。そして「ふーん…」と頷く。

「ま、そのうち白状しろよ」

面白くなさそうな顔で夏樹は竹内の前を歩いていった。


名前を聞く。ただそれだけのことが、なかなかできないでいる。

聡太はまだ、あの人の名前を知らない。最初の来店時は連れがいた。だれかと一緒に来てくれれば会話から名前がわかるかもしれないが、二度目以降ずっと一人だ。世間話ていどの会話すらだれともせず、声を聞くのは注文のときと会計のときだけ。

こんど店に来たら、聞きたい。いままで何度か機会はあった。花を買ってくれたとき、ネコのストラップをくれたとき……。どうしてあのときに聞かなかったんだろう。何度もチャンスを見送って、もういまさらの空気が漂っているような気がしないでもない。なにせ、彼は聡太の名前くらいは知っているみたいだからだ。店内でさんざん聡太と名前を呼ばれているから、常連客はみんな知っている。

用もないのに、客に名前を訊ねる店員など普通はいないだろう。聡太だっていままで客に名前を訊

ねたことはない。領収書を書くときくらいか。変なやつだと思われて、二度と店に来てくれなくなったら悲しい。どうすればいいだろう――。

聡太は何度もため息をつきながら、店の出入り口をぼうっと眺める。

「聡太、聡太っ！」

背後から肩を叩かれて、聡太はハッと我に返った。振り向くと、勇次が苦虫を嚙《か》み潰したような顔で立っている。

「なにボーッとしてんだよ。さっきから店長が睨んでるぞ」

教えられてカウンターの向こうを見てみれば、顔を真っ赤にした店長が聡太を睨んでいる。怒鳴る寸前だ。時刻は昼の十二時を少し過ぎたところで、店内はランチのピークで満席だった。ぼんやりしている暇などないはず。

聡太は慌ててカウンターに駆け寄り「すみません」と先に謝った。店長は苛立たしそうにできあがったばかりのラーメン丼をドンと置く。

「……三番テーブル」

「はいっ」

急いで丼をテーブルに運んだ。「兄ちゃん、こっち」と手を上げて聡太を呼ぶ客に、早足で歩み寄る。

注文を取ってカウンター内の店長に伝えた。

「聡太、終わったら説教だ。わかってるな」

ボソッと低く言われて、聡太は「はい……」と小声で答えて頷いた。これで今日の中休みがナシになる。店長の説教ははじまると長い。だが手を上げることはない。安い中華食堂でも、店長は料理人だ。人を殴って手をケガしては仕事に支障が出るからだろう。そのかわりのように、説教が長い。悪いのは聡太なのだからしかたがないのだが——。

それから午後二時までくるくると働いて、昼の営業時間が終了した。

「聡太、こっちに来い」

店長に呼ばれ、すぐに説教がはじまる。今日は昼飯抜きという罰まであるのかと聡太は落ちこんだ。空腹すぎて痛む胃を抱えながら、店長の長い話を聞いた。そんな聡太を、勇次は気の毒そうに眺めながら、そそくさと二階に上がってしまう。

あの人に「真面目で働き者」と言ってもらえたのに、こんな場面は絶対に見せられない。一番忙しい時間帯に、任された仕事を疎《おろそ》かにしていたのだ。それを叱られている。情けなかった。

やっと解放されたのは、四時だった。四時半から夜のための仕込みがはじまる。聡太は二階に上がり、飴《あめ》を舐めて空腹をごまかし、三十分の短い休憩を取った。四時半になると一階へ下りていき、仕込みを手伝う。それから夜の十一時まで立ち働いた。昼飯を抜いての労働はきつく、夕食のまかないを口にしてやっと生きかえったような気分になった。

へとへとになった一日がやっと終わったのは、十二時を過ぎてからだ。

今日は、あの人は来なかった。せめて顔が見られたなら、気分だけでも浮上したものを。

「おい、明日はちゃんとしろよ」

店長がそう言いながら睨んでくるので、聡太は「今日はすみませんでした」とまた謝った。

二階へ上がり、二段ベッドの上段へ上る。疲れきっていて、風呂に入る気力がなかった。もうこのまま寝てしまいたい。目を閉じると、花を買ってくれたときとネコのストラップをくれたときのあの人の顔がまぶたの裏に浮かんだ。

会いたい。

あの人に、会いたい。

そして、また「真面目に働いて頑張っている」と褒《ほ》めてもらいたい。

転びそうになったとき、あの人の胸に寄りかかってしまった。聡太ごときがもたれたくらいでは、びくともしそうにない、頑健そうな体だった。聡太の腕を摑んだ手も、とても大きかった。ネコのストラップは、彼の手の中でとてもちいさく見えた。

あの人のそばにいると、安心感がある。不思議なことに、守られているような気持ちになるのだ。

明日は、来てくれるだろうか。明日来なかったら、明後日は来てくれるだろうか。

顔を見たい。話しかけてもらいたい。彼が買ってくれた菊の花は、何日も咲き続けてくれた。でも花弁が落ちるようになり、片付けた。ネコのストラップは財布を取り出すたびに目について、聡太をしばらく幸せな気分にしてくれる。花のように枯れないから、嬉しい。

会いたい。会いたい、会いたい――。

涙が出そうになって、聡太はこらえた。感情の波が防波堤を越えそうになったとき、勇次が声をかけてきた。

「おい、聡太。もう寝たのか？」

「……………ううん、まだ……………」

「もう気にするなよ」

二段ベッドの下段から、勇次が慰めの声をかけてきた。携帯を片手に持ち、彼女とメールのやりとりをしているはずだが、聡太の様子が気になるようだ。

「店長ってさぁ、すぐに怒鳴ったり説教たれたりするけど、わりと次の日にはけろっと忘れているからさ」

「……うん、そうだね……」

「俺がここに来たばっかのころなんか、聡太よりもっと怒鳴られてたんだぜ。知らないだろうけど」

聡太が働きはじめたとき、勇次はすでにここにいた。あれこれと仕事を教えてくれたのは勇次だ。

「なあ、おまえ、辞めたりしないよな」

「……………辞めないよ……………」

ここでの仕事を楽しいと感じたことはないが、辞めてどこへ行くというのだ。身寄りのない未成年を信用して雇ってくれるところは少ない。この店に入れたのは幸運だったとわかっている。せめて二十歳になるまでは、このまま雇っていてほしかった。

「おまえさ、恋人つくれよ。毎日が楽しいぜ」

惚気《のろけ》がはじまった。もう何度も聞いた話だ。勇次は恋人のおかげで毎日が楽しいのだろう。

「俺さぁ、いま無駄遣いは控えてんの。なんでだと思う？　彼女にクリスマスのプレゼントを買わなくちゃならないからさぁ」

元気なときなら勇次の惚気を聞くことに苦痛は感じないが、いまはダメそうだった。

ちらりと時計を見る。勇次にうるさいと怒鳴ってしまう前に、避難と気分転換を兼ねて外へ出てみようかと思った。話し続けている勇次に、いい加減《かげん》な相槌《あいづち》を打ちながら二段ベッドから下りる。カーテンレールにかけてあるハンガーからダウンジャケットを取り、ストラップが揺れる財布を摑んだ。

「どこか行くのか？」

「ちょっと、外に行ってくる」

「コンビニ？」

「うん。すぐに戻るから。なにか買ってくるものはある？」

「うーん……特には」

聡太はダウンジャケットを羽織り、ポケットに財布をつっこんで裏口から外に出た。

街灯が等間隔に立つ夜の街を、コンビニの光が眩しい方へと歩いていく。初冬の夜風は寒かったが、耐えられないほどではない。もやもやしていた頭の中が、夜風のおかげですっきりするような気がした。それでも暖房がほどよくきいた店内に入ると、ホッとする。

週に三回は利用している店だ。いつも訪れるのはこのくらいの時間帯と決まっているので、店番のバイトの顔ぶれも変わらない。店内には先客はいなかった。店先には四、五台とめられる駐車場があり、黒っぽいワゴンタイプの車が一台とまっていたと思うのだが。

なんとなく来てみたが、特に欲しいものがあるわけではなかった。雑誌コーナーをざっと眺め、弁当の棚も見て、明日のおやつになりそうなスナック菓子だけを買って、店を出た。

コンビニを離れると、道は一気に暗くなる。明るい店内にいたせいで、余計に暗く見えることはわかっていた。それでも慣れた道なので恐怖はない。聡太の前にも後ろにも人はいなかった。

不意に背後から車のエンジン音とともにライトが近づいてきて、自分の影が道路に照らし出された。歩道がない狭い道だ。聡太はできるだけ端に寄って歩いた。自分の横を通り過ぎる、と思っていた車が真横で急停車したとき、なんの警戒もしていなかった聡太はそのまま前へと進んでいた。

スライドドアが開いて、中から男が二人、飛び出してくる。

「おい」

低い男の声で呼び止められた。足を止めて無防備に振り返ったと同時に、なにか光るものを目の前に突きつけられる。それがナイフの刃だとわかったのは、ペンライトのようなもので顔を照らされて光源ができたからだ。「ひっ」と息を呑んだ聡太に、見知らぬ男たちは「静かにしろ。殺されたいのか」と恫喝《どうかつ》してきた。

「こいつだ。間違いない」

「よし、運べ。早く！」

ドアが開いたままだったワゴンタイプの車に引きずりこまれる。それがコンビニの駐車場にとまっていた車ではないかと気づいたときには、もう急発進していた。いったいなにが起こったのか、さっぱりわからない。茫然としていた聡太に、ナイフの刃は向けられたままだ。

「騒ぐな。おとなしくしていろよ。そうすれば、俺たちは乱暴なことはしない」

嘘だ。すでに十分、乱暴なことをされている。男たちの荒《すさ》んだ空気に、聡太は体の芯から震えが湧いてきて止まらない。両側に座る拉致犯の顔に見覚えはなかった。彼らは聡太に目隠しをして、口には猿轡《さるぐつわ》を嚙ませた。

どこへ連れていかれるのか。いったいこの身になにが起こったのか。

聡太は絶望の中で、なぜか、縋《すが》るようにあの人の顔を思い浮かべていた。


女ができたのか、できていないのか——。

夏樹とのささいなやりとりを心のどこかにひっかけたまま、竹内は次の休日にまた来々軒まで行った。

そろそろ年末で、世間はクリスマスカラー一色だ。来々軒はあいかわらず猥雑《わいざつ》で安っぽい印象だったが、レジの横にちょこんと小さなクリスマスツリーが置いてあった。

「いらっしゃいませー」

威勢よく迎えてくれたのは、聡太とおなじ従業員の勇次だ。

「こちらの席にどうぞ」

勇次はそばかすが浮いた顔に愛想笑いも浮かべず、ぶっきらぼうに水が入ったコップとメニューを置いていく。いつもはもう少し丁寧な口調だったような気がするが、今日は機嫌が悪いのだろうか。

「ご注文はお決まりですか？」

そのうち奥から聡太が出てくるかと待っていたが姿を現さず、昼食時で賑《にぎ》わっているのに勇次が一人で立ち働いている。

「もう一人の……聡太は今日休みか？」

店の定休日以外ほとんど休みなど取っていないらしいと、加賀の調査書類には書かれていた。もしかしたら体調を悪くして寝ているのかもしれない。

「聡太ですか？」

勇次はムッとした顔をし、疲れたようにため息をついた。

「無断欠勤。なんの連絡もなくいきなり休まれて、すんげー迷惑してんだけど。一人で回すのは無理っつーの」

勇次は吐き捨てるように言い、さらにブツブツと愚痴をこぼした。

「昨日から二日続けて休んでるんですよ。もう信じらんねー。無責任にもほどがあるって」

「おい、ちょっと待て、あの子はここの二階に住んでいるんじゃなかったのか」

「よく知ってますね」

勇次は目を丸くしている。

「二階の自分の部屋にいないということか。いつからだ」

「一昨日《おととい》の夜から帰ってきてないです」

竹内はメニューを閉じて立ち上がった。

「ちょっと来い」

「えっ？」

勇次の腕を摑み、店の奥へと引きずっていく。

何回も通って常連客になっていた竹内は、建物の構造がなんとなくわかっていた。厨房を通り過ぎ、小さな従業員用のロッカールームの向こうには、二階へ通じる階段があった。

「おい、なにやってんだ勇次！　店に戻れ！」

厨房から白い服を着た中年男が飛び出してきた。おそらく厨房を取り仕切っている店長だろう。背はそう高くないが、上半身はがっしりと逞《たくま》しい。長年、重い中華鍋や寸胴《ずんどう》鍋を扱い続けてきたせいだろう。

「店長、こいつが無理やり……」

勇次は竹内に引きずられて階段を上がりながら、自分のせいではないと訴えようとしている。慌てて店長が追いかけてきた。

「ちょっと、お客さん、やめてくださいよ。こっちは住宅スペースなんで、勝手に上がられちゃ困ります」

竹内は制止など無視して階段を上がり、いくつか並ぶドアを見遣る。

「聡太の部屋はどこだ」

「お客さん、ふざけるのも大概にしてくれないと、不法侵入で警察呼ぶぞ！」

警察を呼ぶとは、ヤクザ相手に勇ましいことだ。竹内はフンと鼻で笑い、「聡太の部屋はどこだ」と繰り返した。

「あそこだよ」

しかたなさそうに勇次が指差したドアを、竹内は開けてみる。鍵はかかっていなかった。

「俺の部屋でもあるんだけど」

「らしいな」

調査書どおり、二人で使用しているようだ。六畳間に二段ベッドが押しこまれている。十九歳と二十歳の若者が暮らす部屋だ。雑多な日用品が適度に散らかっていた。

「店主、聡太が一昨日の夜から帰っていないらしいな」

「いまどきの若いやつはこらえ性がないからな。ここの仕事が嫌で逃げ出したんだろうさ」

店長が忌々しげに言うものだから、竹内は本気で睨みつけた。よほどおそろしげな形相になっていたのか、ちっぽけな店の主《あるじ》はびくりと後ずさる。

「おーい、メシはどうなってんだよー」

階下から客の声がかかり、店長は慌てて階段を下りていった。

「すみません、すぐに調理しますんで……」

申し訳なさそうに客に謝っている声を聞きながら、竹内はやっと勇次から手を離して六畳間に足を踏み入れた。狭い部屋を見渡し、窓際のカラーボックスに黒い位牌が置いてあるのに気づく。

「あれは聡太のものか？」

「聡太の祖母さんの位牌。辛気臭いからそんなもん見えるところに置くなってつったんだけど、あいつ、きかなくて」

母親に捨てられた聡太は、祖母に育てられた。竹内が買ってやった花は、きっとあそこに飾られていたのだろう。

「このカラーボックスは聡太の私物か？」

「そーだよ」

竹内は心の中で「すまん」と聡太に頭を下げながら、荷物を検《あらた》めさせてもらった。数枚のシャツと下着が丁寧に畳まれて置かれているほかは、雑誌と黒いポーチがひとつ。驚くほど荷物が少ない。

雑誌は下の店に客用として置いてあったものをもらったらしい、古いマンガ誌と、小遣いで買ったのか比較的新しいスポーツ系のものだった。特集されているのは国体と箱根駅伝の予選会だ。かつては竹内も目指していた駅伝の期待の選手が何人かインタビューされている。懐かしいと感慨深くなるのが普通かもしれないが、いまの竹内の頭の中には聡太のことしかない。

ポーチの中は、通帳と印鑑だった。残高は五十万ほど。何年にもわたって、毎月の給料からこつこつと少しずつ貯金しているのがわかる。

「こんな大切なものを置いて出ていくわけがないだろうに……」

「あいつ、どうしたんだろう……こんなふうにいなくなるなんて」

悪態をつきながらも勇次はずっと心配していたのか、泣きそうな顔になっている。

「一昨日、いなくなる前に変わった様子はなかったか」

「ない…と思う…。いつものように閉店まで店にいて、仕込みの手伝いして、あいつ真面目だから掃除まできっちりやって」

そばかす顔を歪めながら、勇次は記憶をたどるように喋った。

「全部終わると夜中なんだよ。それから、あいつはよく一人でぶらぶら近所のコンビニまで買い物に行ったりする。一昨日の夜も」

財布だけ持って、ぶらりと出ていったまま戻ってこなかった――。

「くそっ」

嫌な予感がする。いや、予感どころじゃない。コンビニへ行く途中か帰り道で、聡太の身になにかあったのだ。大切な通帳と祖母の位牌を残して、どうしてここから黙って逃げなければいけない？

「おい、勇次！」

たまりかねたのか店長が下から大声で呼んできた。勇次はおろおろと階段と竹内を見比べている。

「あんた、聡太と知り合いだったんですか？」

「ただの客だ」

竹内はブルゾンのポケットから名刺入れを出し、一枚、勇次に握らせた。

「取り越し苦労ならいい。そ知らぬ顔で戻ってきたら、無事だったとここに連絡してくれ。俺のことは聡太に言わなくていい」

勇次は名刺に視線を落とし、すぐに目を丸くした。竹内の顔をまじまじと見つめ、顔色をなくす。肩書きに驚いたのだろう。

「あ、あんた、嘘だろ……」

「頼んだぞ」

返事を聞かずに竹内は狭い部屋を出ると階段を下りた。店内の客から好奇の視線を注がれたが、すべてを無視して店を出る。タクシーを止めるために通りに向かって歩きながら、竹内は携帯電話を取り出した。

「お忙しいところ、すみません、竹内です」

『どうした、なにかあったのか』

三コールほどで出た相手は欣二だ。竹内は聡太の行方がわからなくなったことを告げた。

「西丸顧問に一任されておきながら、こんなことになってしまって申し訳ありません」

『いや、二十四時間体制でガードしていたわけじゃないから、これはしかたがない。すぐに探させよう』

「お願いします」

竹内は刻々と膨れ上がってくる焦燥感を無表情の下に押し隠し、タクシーに乗りこんだ。


いったいなぜ、自分がこんな目にあわなければならないのだろう。

聡太は恐怖に震えながら、一昨日から何度目かになる問いかけを——答えなどわからない問いを、心の中で繰り返した。

殴られた顔と腹が痛い。暴力の経験などまったくないから、身構えることができなくて、拳をまともに受けてしまった。ズキズキと鈍痛を発する頬と腹を手で押さえ、背中を丸める。

「おら、もっとよく顔を見せろよ」

恫喝のこもった声にぎくりと肩を震わせ、聡太はのろのろと顔を上げた。事務所風の殺風景な部屋に、聡太は連れてこられていた。三人の男に睥睨《へいげい》され、怯えて震えるしかなかった。

「なるほど、よく似てるな」

「スーツを着せればたぶんそっくりだぜ」

「ホンモノより小柄だが、写真じゃわからないだろうよ」

男たちは下卑た笑みを頰に張り付かせながら、聡太には意味がわからない会話をしている。

一昨日の夜、仕事を終えて夜中にコンビニへ行った帰り、聡太は見知らぬ男たちに拉致された。

わけがわからないうちに車に引きずり込まれ、移動中ずっと目隠しをされていたので、どこに連れてこられたのかわからない。ただ車には三十分も乗っていなかったと思う。都内からは出ていないだろう。

目隠しを取られたのは、エレベーターらしきものに乗せられたあと、窓がなくコンクリート剝《む》き出しの壁に四方を囲まれた部屋に着いてからだった。パイプベッドと小さなテーブルがあるだけで、いったいなんの目的で作られた部屋なのかわからない。窓がないので、おそらく地下だろう。コンクリートの床にところどころ黒い染みが広がっているのが不気味だった。

「おまえはしばらくここにいろ。そのうち迎えが来る。死なれちゃ困るからメシは日に三度、運んでやる」

聡太とそう歳は変わらなそうな若い男は、耳にいくつもピアスをぶら下げていた。ニヤニヤと笑いながら、指に鍵をひっかけてぐるぐる回している。きっとこの部屋のドアの鍵なのだ。

「逃げようなんて思うなよ。この部屋の外には常時何人もの仲間が見張ってるからな。ここは監禁用なんだ。その染み、なんだかわかるか？　血だぜ」

聡太はぎょっとして床の黒い染みから飛び退《すさ》った。逆らったら流血するほどの制裁を受けるということだろうか——聡太は青くなって全身を震わせた。

「あの、俺はどうして……？」

毎日、真面目に定食屋で働いて、悪いことはなにもしていない。どうしていきなり攫《さら》われたのか、さっぱりわからない。

「おまえには災難だったな。これも運命だと思って、諦めな」

ピアスの男はなにが楽しいのかゲラゲラと笑いながら部屋を出ていった。すぐに外からガチッと鍵をかけた音がする。

聡太はそうして、テレビも本もない部屋で丸二日間、監禁されたのだ。交代で見張りをしているのか、ピアス男を含む三人ほどが順番に食事を運んできたが、みんな二十歳そこその若い男ばかりだった。

そして今日、「迎えが来た」とピアス男に連れ出された。

監禁されていた部屋の上階に移動させられただけだったが、こちらはなにかの事務所らしく、スチールデスクが数台と古びた応接セットが置かれていた。窓にはしっかりとブラインドが下ろされ、外の景色はまったく見えない。

ソファには顔色の悪い痩せた中年の男が座り、だらしなくスーツを着崩した男が二人、立っていた。

「なるほど、似ているな」

痩せた男が聡太をじろじろと眺めたあと、深く頷く。

「体を見てみたい。おい、服を脱げ」

しばらく、男がだれに命じているのかわからなかった。ぼんやりと突っ立っている聡太の背中を、ピアス男が突いてくる。

「脱げよ。裸が見たいんだとさ」

「え、えっ？」

どうしてこんなところで服を脱がなくてはならないのか――困惑しておろおろしていると、いきなりピアス男が拳で殴ってきた。驚きと痛みでその場にうずくまる聡太に、ピアス男が怒鳴る。

「さっさとしろ！」

どうして？　なぜ？　こんな目にあう理由はなに？

疑問で頭をいっぱいにしながら、聡太は恐怖に突き動かされて震える手で服を脱いだ。もともとトレーナーとジーンズと下着しか身につけていない。監禁部屋は寒く、聡太は毛布にくるまってしのいでいたのだ。

「全部脱げ」

下着姿で立った聡太に、非情な命令が飛ぶ。ピアス男は不穏な空気をまとったまま聡太のすぐ後ろに立っていた。また殴られるのは嫌だった。しかたなく、聡太は下着も脱いで全裸になる。

こんな格好で人前に立ったのは、中学時代の修学旅行以来だった。同級生と旅館の風呂場で騒いだのが、もう遠い昔のことに思える。

室内にいる男たち全員の視線が、自分の体に集中していた。刺すような視線、あるいは舐めるような視線。すべてが不快で、恐ろしかった。寒さと目に見えない恐怖とで、さぁっと全身に鳥肌が立ち、指先が小刻みに震えた。

「十九だと言っていたな。とてもそんな年には見えない貧弱な体だ。栄養状態が悪いのか？」

瘦せた男の率直な感想に、ピアス男はムッとしたようだ。

「ちゃんとメシは食わせてました。もともとこんな体だったんじゃないですか」

「…まあいい。こういう子供が好きなやつだっているからな。おまえ、セックスの経験は？」

「えっ………」

経験などない。祖母が亡くなってから他人と深く付き合わなくなり、当然のように恋人と呼べる相手はできなかった。作る気もなかった。ただ惰性のように日々を生きていた。

うろたえた聡太の様子に、まだなにも答えないうちから男は「そうか」と頷く。

「ろくな経験はないらしいな……。男に尻を掘られたことなんて、ありそうにないな」

「そんなの、これからいくらでも仕込めばいいでしょう」

「そんなに待てない。来週末あたりには、もう客を取らせたいからな。とりあえず拡張だけして、あとはおいおいというところか」

「気に入ってくれたってことで、いいんだな」

「ああ、買い取ろう」

「サンキュ」

ピアス男はニッと笑って痩せた男と握手した。ソファの後ろに立っていたスーツの男の一人が、足元からビジネスバッグを持ち上げる。中から分厚い茶封筒を出し、ピアス男に手渡した。

「まいどありー」

中身を確かめて笑顔になったピアス男は、全裸のまま茫然と立ち尽くしている聡太に手を振った。

「元気でな。頑張って春をひさいでくれ」

春をひさぐ…？　どういう意味だろう？

ピアス男の最後の言葉の意味は、その日のうちにすぐにわかった。痩せた男に連れていかれた先は寮のような建物で、そこには若い男と女が何人もいた。淀《よど》んだ雰囲気と暗い表情が、彼らの過酷な生活をうかがわせてぞっとした。

「ほら、今日から仲間になるナツキだ」

彼らは虚《うつ》ろな目で聡太をじっと見つめてくる。ここはいったいなんだろう。怖い。

「あの、俺は聡太です」

「おまえの名前は今日からナツキなんだよ」

「どうしてですか」

「うるせぇ、つべこべ言うな！」

いきなり殴られて、聡太の細い体は部屋の隅に吹っ飛んだ。

「おまえは来週からナツキって源氏名で男相手に売春するんだ」

どうして、どうして、どうして――？

なんの楽しみもなく、生きるために働くだけの生活だったけれど、体を売ろうとしたことは一度もなかった。祖母は、自分を大切にしろと教えてくれた。

「逃げようとは思わないことだ。おまえの体を大金で買った。回収するまで絶対に逃がさない。逃げやがったら地の果てまでも追いかけて捕まえる。そのあとは死んだほうがマシだってくらいの酷《ひど》い目にあわせるからな。わかったか！」

わかりたくなくて黙っていたら、また殴られた。わかったと言いたくとも、言う暇を与えられずに何度も殴られる。暴力のショックと、あまりの環境の変化に気が遠くなり、聡太はしだいに意識を遠ざけた。


聡太の行方が摑めたと欣二から連絡があったのは、それから五日後のことだった。失踪してからすでに一週間がたっている。夏樹をマンションに送り届けてから西丸組の事務所に駆けつけた竹内は、不機嫌も露な欣二の様子に戸惑った。

黒い革張りのソファに足を投げ出して座り、欣二は煙草を盛大にふかしている。顧問専用室はすでに白く煙っていた。加賀の姿はなく、むっつり黙っている欣二の代わりに、苅田が口を開いた。

「香西聡太はブラックダイアモンドの残党に拉致されたようだ」

「なんだと？」

一年ほど前に解散に追い込んだグループ名を耳にして、竹内は眉間に皺を寄せる。

二十歳前後の若者たちだけで構成されていたブラックダイアモンドは、最初、渋谷《しぶや》で派手に動いていた。ヒデという名の男をリーダーに、ヤクザの真似事——つまりドラッグの売買や売春斡旋《あっせん》といった犯罪——で金を稼いでいたのだ。ヒデは新宿に進出しようとし、そこにシマを持つ瀧川組の夏樹に目をつけた。優男風の外見を持つ夏樹を与《くみ》しやすいと侮って近づいたのだ。夏樹を脅迫するネタとして、ヒデは欣二との関係を突いた。結果としてヒデは夏樹に返り討ちにあい、ブラックダイアモンドは解散。重傷を負ったヒデは関東地区から追放されたはずだった。

「ヒデが舞い戻ってきていたのか」

「いや、あいつじゃない。その下について甘い汁を吸っていたガキどもだ。そいつらが瀧川組若頭にそっくりな聡太の存在を知り、掻《か》っ攫った」

夏樹に目をつけて侮った自分たちの浅はかさを棚にあげ、どうやら逆恨みをしていたらしい。夏樹に似ている聡太を使って憂さ晴らしをしたかったのか？

まさか、もう聡太は……一瞬、聡太の死に顔を想像してしまい、竹内は青くなった。

「聡太は殺されたのか」

「まだ生きている」

苅田は薄い冊子を差し出してきた。反射的に受け取り、その安っぽい表紙に嫌な予感がする。そこには濃いピンク色でデコラティブに装飾がほどこされた英字で『ＳＥＣＲＥＴ　ＧＡＲＤＥＮ』と印刷されていた。

「……なんだ、これは」

「いいから中を見てみろ」

言われて表紙をめくり、竹内はぎょっとした。聡太の写真があった。紺色のスーツを着て、派手な柄のネクタイを締めた聡太は、前時代的な猫足の椅子に座り、物憂げに頬杖をついている。髪はプロの美容師にカットされたのか、無造作に伸びていた頃より格段に垢抜《あかぬ》けて見えた。

写真をカラーコピーしただけだろう、あまり鮮明とは言えないが、まちがいなく聡太だ。次のページには、身長と体重、頭囲、肩幅、胸囲、胴囲、座高、股下などの身体的な細かいデータ。さらには視力と虫歯の有無、得意なスポーツ、趣味などの欄もあった。

名前は、ナツキとある。

「……なんだ、どうして……ナツキ……？」

「それが源氏名なんだろう」

「源氏名？」

ハッとしてもう一度写真をまじまじと見つめてみる。なぜスーツなど着させられているのか――。

これは瀧川夏樹のコスプレなのだ。実物は夏樹よりもずっと小柄だが、写真ではわからない。こうしてスーツを着せると、聡太はより夏樹に似て見える。

「そのシークレット・ガーデンっていうのは会員制のデリヘルだ。男専門の」

デリヘル……竹内は目の前が暗くなった。

「やつらは聡太に瀧川組若頭の扮装をさせて、客を取らせるつもりらしい。見る人が見ればナツキっていう源氏名の意味がわかるからな。ホンモノに手出しできない輩《やから》には、面白がられるだろう」

夏樹の側近になって二年。竹内は夏樹がどんなにモテるか、よく知っている。夏樹を諦めきれない、あるいは一向に振り向かない夏樹に意趣返しがしたいと望む輩には、苅田が言うように聡太は人気が出るだろう。

デリバリーヘルスという看板を掲げているからには、表向き本番行為は禁止とされているにちがいないが、呼び出されたホテルや客の自宅などで二人きりになったら、なにを要求されるかわからないのが常識だ。

あの聡太が……はにかむようにかすかに口元を綻ばせて竹内を見上げてきた、あの純朴そうな聡太が、拉致されて無理やり売春させられているなんて。

しかも聡太自身にはまったく関係のない、瀧川夏樹という極道に顔が似ているというだけの理由で。

「いつからだ。いつから聡太はこんな……」

「まだ客は取っていない。今週末からだ。これは新人の宣伝用として会員の中でもお得意様に配られたものだ」

まだ客は取らされていないらしいと聞いて、ひとまずホッとしたが、お得意様という部分に眉を寄せた。

「荊田、こんなデリヘルの会員になっていたのか」

下半身に節操がない男だとは知っていたが、まさかデリヘルまで利用していたとは。

荊田は「俺じゃない」と首を振った。

「俺の知り合いが会員なんだ。風俗関係に顔が広いやつで、聡太の行方についても頼んであった。見つけてくれたんだから、そいつのことはありがたく思ってくれ」

たしかにそうなのだろう。竹内はもう一度、手元に目を落とす。写真の聡太は、感情をどこかに置き忘れてきたような表情をしていた。聡太はきっと、自分がなぜこんな目にあっているのか、わかっていないだろう。降って湧いたような災難に、茫然としているように見えた。

「これを知らせてくれた俺の知り合いに加賀さんが連絡を取って、いま聡太の予約を押さえられないか動いてくれている」

「ナツキと名乗るデリヘルが客を取るなんて、絶対に阻止させたいからな」

忌々しげに、欣二が長いままの煙草を大ぶりの陶器の灰皿に捻《ね》じりつけている。そこはすでに吸殻でいっぱいになっていた。

「クソガキらが、まったく、ろくでもないことばっかり考えやがって」

欣二は相当頭にきているらしい。長い足をローテーブルにどかりと乗せ、ソファに沈み込む。

「聡太に一人も客を取らせたくない。加賀にはそう言ってある。竹内」

「はい」

顔を上げて背筋を正した。

「おまえが迎えにいけ。週に二、三回は定食屋に通ってたんだろ。聡太と顔見知りくらいにはなっているんじゃないのか」

「……なってます」

「おまえが行け。加賀がうまいこと段取りをつけてくれるはずだ。指示に従えよ」

「わかりました」

デリヘルの冊子を竹内は無意識のうちに大きな手でぎゅっと握りしめていた。


金曜の夜、竹内は加賀の指示どおり、渋谷のシティホテルに向かった。莉田と二人だ。

指定された高層階の客室に行くと、ホストのように派手ななりをした男が一人、竹内たちを待っていた。

「よう、莉田」

「今回はいろいろと骨を折ってもらってすまなかったな」

苅田と親しい挨拶を交わすところをみると、どうやらこの男が例のデリヘルのお得意様という知り合いらしい。

「このくらいはどうってことないさ。俺は名前を貸しただけだ」

肩に届く長さの髪を金色に近いほどに染め、ブランド物のスーツを着崩している。シャツの胸元は大きく開かれ、金のネックレスが光っていた。ホスト風ではあるがトウが立っている。おそらく三十代半ば。一回り年下の苅田といったいどういう知り合いなのか想像がつかないが、今回のところは詳しく聞く必要はなかった。

「はじめまして、あんたが竹内さん？　これが今夜ナツキを買い上げた客の証明書だ」

手渡されたのは、またもや『ＳＥＣＲＥＴ　ＧＡＲＤＥＮ』と濃いピンク色で印刷されたカードだった。

「ナツキが時間に正確なら、あと十分でここに来る。今夜が初仕事だから、たぶんデリヘルのマネージャーが付き添ってくるだろう。直前にビビッて逃げないようにね」

慣れた様子で説明され、竹内は苛立ちを抑えなければならなかった。

「マネージャーは、ナツキがこの部屋に入るまで廊下できっちり見届けると思うから、複数の人間が中にいるのはまずい」

「隣の部屋を取ってある。そこで俺は待機だ」

苅田が革ジャンのポケットから鍵をちゃらりと取り出す。そのとき、苅田の携帯電話に、ラウンジで客の出入りに目を光らせている西丸組の舎弟から連絡が入った。

「そうか、わかった」

手短に用件のみの会話を済ませ、苅田はすぐに通話を切った。

「聡太がマネージャーらしき男と現れたそうだ。移動する。おまえはもういいぞ。助かった。ありがとう」

ホスト風の男は頷き、苅田とともに部屋を出ていった。

竹内はデラックスタイプのダブルと思われる部屋を見渡し、ひとつ息をつく。窓際のソファにコートをひっかけ、ドアがノックされるのを待った。


歩きにくい。タクシーを下りてからホテルのエントランスまでが、とてつもなく遠く感じる。

後ろに異物を挿入したままでは、歩きにくいのは当然だった。しかも、行きたくて行くわけではないから、なおさら歩みは鈍くなる。

前を歩く付き添いの中年男は、聡太の状態を無視してすたすたと行ってしまう。スーツの背中がすこしずつ遠ざかるが、故意ではないのでどうしようもない。遅れがちの聡太に気づき、彼はチッと舌打ちして戻ってきた。この太り気味の中年男は、デリヘル寮の管理を任されている立場の人間だった。

「おい、とっとと歩け。客を待たせるんじゃねぇよ」

中年男が背中を平手で叩いてきた。

「う……っ」

思わず呻《うめ》き声がこぼれる。叩かないでほしい。ささいな刺激でも、後ろに響くから。

聡太は重いだけでぜんぜん暖かくないコートの襟元を握りしめ、ひとつ息をつく。安物のスーツとコートを着せられて寒いはずなのに、体の芯はじりじりと熱を持っていた。自分でも呼気に淫靡《いんび》な熱がこもっているのがわかる。薬が効いてきている――泣きたくなるくらいに情けなかった。

「ほら、こっちだ」

いままでは縁がなかったきれいなホテルのエントランスをのろのろと歩く。こんな状況でなかったら、ロビーとフロントを抜けるとき、場違いな自分がホテルの従業員にどんな目で見られているか気にしただろう。だが、いまの聡太にはそんな余裕はなかった。

エレベーターに乗り、上階の客室に向かう。

「いいか、予定ではオールナイトだが、客がもう帰っていいと言ったら部屋を出ろ。俺の携帯に電話をしてくれ。すぐに迎えにくる」

聡太はこくりと頷く。コートのポケットには生まれてはじめて持つ携帯端末が入っていた。

「ナツキが今夜デビューだってことは客も知っているから無茶なことは要求しないと思うが、表向きは本番ナシだ。やりたがったら、金額を上積みさせろ。忘れるなよ」

「……はい」

「もし命の危険を感じるようなハードなプレイをされそうになったら、そのときも携帯に電話しろ」

ハードなプレイというものの見当がつかない聡太は、ただ弱々しく頷くしかない。それよりも体に埋め込んだ異物が気になってしかたがなかった。

今夜からはじまる仕事のために、監禁部屋からデリヘルの寮に移らされたときから、聡太はアナルセックスのための練習をさせられてきた。潤滑剤とアナル用というバイブレーターを渡され、一日に何度も肛門に入れるようにと命令されたのだ。広げておかないと苦しい思いをするのは自分だと言われた。

惨めだった。泣きながら言われたとおりのことをした。

異性との性経験がなく、かといって同性が好きというわけでもなく、聡太はただ疎かった。それなのに、いきなり体を売る……しかも男相手に。怖くてたまらない。

男性器を模したディルドでフェラチオの練習もさせられた。

何度も逃げ出したいと思ったが、失敗したらどんな恐ろしい目にあわされるかと想像すると足がすくんだ。この数日で数えられないほど殴られ、聡太はすっかり暴力に対して萎縮してしまっていた。

突然いなくなった聡太を、勇次はどう思っているだろうか。心配しているだろうか。なにも言わずに姿を消して、腹を立てているだろうか。店長はおそらく心配なんかしていないだろう。新しい従業員の募集をしなくてはと、余計な仕事を増やした聡太を怒っているにちがいない。

あの人は——また店に来ただろうか。聡太がいないことに気づいただろうか……。あの人のことを考えると涙がこぼれた。また会いたいと思うけれど、これから売春するのだ、そんな望みは捨てなければいけない。こんなこと、絶対に知られたくなかった。知られたくないだなんて……聡太は自嘲の笑みをこぼすしかない。きっと、二度と会えないから、そんな心配は無用なのに。

「この部屋だな」

厚い絨毯《じゅうたん》が敷かれた廊下を進み、中年男がひとつのドアの前で足を止めた。ノックをすると、中からくぐもった男の声で返事がある。静かに開いたドアの隙間から、ピンク色のカードが提示された。

「確認しました」

中年男は頷き、聡太をドアの方へと押しやる。

「ナツキです。朝までごゆっくりお楽しみください」

聡太は俯いたまま顔を上げられなかった。大枚をはたいて聡太の初体験を買った客。性的異常者としか思えない。若くはないにちがいない。どんな金持ちの年寄りなのか、いったいなにをされるのか、怖くてたまらなかった。コートの襟を摑む自分の手が小刻みに震えていることに気づいたが、止められない。

人が通れるほどにドアが開けられたが、聡太は足を踏み出せないでいた。中に入ったらおしまいだ。大切ななにかが、粉々に砕けてしまいそうな恐怖と悲しみに、じわりと視界が潤んでくる。

不意にドアの向こうから腕が伸びてきた。聡太の手を摑むと、強引に引っ張ってくる。

「あっ」

わずかな抵抗は無駄で、攫われるように部屋の中に引きずりこまれ、頑健な男の腕に抱きしめられてしまった。背後でバタンとドアが閉まる。

客と二人きりになったのだ。これから朝まで、聡太はこの男に自由にされてしまう。絶望のあまり息もできない。固まったまま動けなかった。

ずいぶん背が高い男のようで、手触りのいいウールのスーツを着ていた。きつい煙草の匂いがする。想像していたほどの年寄りではないらしいと、厚い胸板と逞しい腕にくるまれて救いにもならない感想を胸のうちで漏らした。

「聡太……っ」

低く名前を呼ばれ、聡太は息を呑んだ。

この声は――おそるおそる上げた視線の先には、会いたいと思っていた、あの人の顔があった。

小柄な聡太は竹内の腕の中にすっぽりとはまりこんでいる。源氏名ではなく本名で呼ぶと、ゆっくり顔を上げ、竹内を見て唖然とした。

「聡太、俺がわかるか」

こくんと頷き、ほっと安堵したように表情を緩めたのは一瞬で、聡太はなぜかサッと青ざめた。

「あ、あの、はじめまして、ナツキです」

震える声でそんな自己紹介をしはじめる。

「お客様のことは、なんとお呼びしたらよろしいでしょうか」

こう言えと教えられていたのだろう、聡太は棒読みでセリフを口にする。もともと細かった体が、この一週間ですこし縮んだように見えた。いきなり拉致されて、どんな恐ろしい目にあわされたのか、聡太がかわいそうでならない。

「聡太、すぐにここを出るぞ。おまえの身は俺が預かる」

勢い込んでそう告げたが、聡太はふるふると首を横に振った。するりと竹内の手から逃れ、部屋の奥へと歩いていく。そしてベッドの横でコートを脱いだ。

「なにをしている、聡太？」

「俺の名前はナツキです。聡太じゃありません」

続いてスーツの上着を脱ぐ。聡太がネクタイに指をかけたところで、竹内はもしかしてと思い至った。聡太は竹内が今夜の客だと信じて疑っていないのではないか——？

「おい、脱がなくていい。俺は客じゃないから。おまえを助けに来たんだ。ほら、行こう」

「……ダメです」

「なにが」

「逃げたって、きっと見つかる。地の果てまでも追いかけるって言ってた……。それで、死んだほうがマシだって思うようなひどいことをされるって……」

聡太の目には恐怖がはっきりと浮かんでいる。逆らって恐ろしい目にあうより、いまここでしばらく我慢したほうがいいと思い込んでいるのだ。

「聡太、大丈夫だ。デリヘルの元締めとは俺が話をつけるから――」

「やめてください。そんなことをしたら、あなたまでひどい目にあいます」

辛《つら》そうに俯き、聡太は顔を歪める。いまにも涙がこぼれ落ちそうなほど瞳を潤ませているくせに、

「仕事をさせてください」と言った。

「服は脱がないほうがいいですか？」

竹内が答えないでいると、「じゃあ、下だけ」と聡太はベルトを外し、数瞬ためらったあと、目をつぶってスラックスを一気に下ろした。ワイシャツの裾で股間のほとんどは隠れているが、ちらりと見えた様子に竹内は愕然《がくぜん》とした。

「……それはなんだ……」

「お、お客様のために……準備を……」

聡太は俯き、シャツの裾を両手でぎゅっと握りしめたまま震えている。

聡太は下着をつけていなかった。サポーターのようなものがかろうじて性器を覆っている。太腿《ふともも》にゴムバンドが巻かれ、小型のコントローラーのようなものが挟まれていた。臀部《でんぶ》から延びた細いコードが、それに繋がっている。一目で体内になにかを入れられているのだとわかった。

カーッと頭に血が上る。こめかみが引きつるのが自分でもわかった。

剝き出しの聡太の足は細く、すね毛はほとんどない。成長期前の子供のようだ。十九歳には絶対に見えない足だ。その足が、寒さのせいではないだろう、恐怖と屈辱からか小刻みに震えているのが、いっそ哀れだった。

聡太の体を、だれかが仕込んだのだ。男を受け入れることができるように、肛門に異物を挿入して。だれかがやった。聡太が望んでそんなことをしたとは思えない。

「それはだれにやられた？」

制御しきれない怒りが声にこもっていたのだろう、聡太はビクッと体を反応させ、怯えた目で竹内を見上げてくる。

「この一週間、だれになにをされた？　何人の男に抱かれたんだ？」

聡太が泣きそうに顔を歪めた。

「なにも、だれにも、されていません…っ。今日が、はじめての……」

「初仕事が今夜なのはわかっている。だがだれかに仕込まれたんだろう。一週間もあったんだ。無垢《むく》なままとは思えない」

「されてません！　俺はなにも！」

「じゃあ尻の穴にくわえこんでいるものはなんだ？　だれに入れられた？　まさか自分でやったんじゃないだろうな。尻に入れるのが好きで、進んで入れたのか！」

聡太の両目が愕然と見開かれ、ぼろぼろと涙がこぼれてきた。傷ついた顔をされて、竹内は怒りの持って行き場をなくす。

「くそっ」

力任せにベッドを蹴り上げた。重厚な造りのベッドはびくともしない。

「とにかく、中に入っているものを出せ」

「えっ……」

聡太が洟《はな》をすすりながらうろたえる。

「そんなものを入れたままじゃ気持ちが悪いだろう。それとも本当に入れるのが好きなのか？」

慌てて聡太は首を横に振る。

「あの、でも……」

「いいから出せ。自分で出せないなら俺がやってやる」

一刻も早く、だれかが聡太にほどこした唾棄すべき仕込みを取り去りたかった。竹内の頭にはそれしかなかった。

「いやだっ、やっ、やあっ」

嫌がる聡太をベッドに転がし、這《は》わせて、背中を押さえつける。ワイシャツの裾をめくれば、小さな尻が露になった。サポーターは谷間を隠しておらず、T字の紐状のものが頼りなく肌に線の跡を残しているだけだ。谷間から細いコードが伸び、太腿に固定されたコントローラーに繋がっている。

「やだっ、見ないで、見るなっ！」

本人は必死で抵抗しているつもりだろうが、竹内には片手で押さえこめる程度だった。もがきは、挑発的に尻を振っているようにしか見えない。細い腰だった。背中も薄い。聡太を仕込んだ相手も、きっと屈強な男だったのだろう。聡太が嫌がって暴れても、簡単にことを成し遂げられたはずだ。

「放して、自分でやるから、自分で出すからっ！　触るな！」

触られたくないのか……だれか別の男には触らせたのに――。

ふつふつと新たな怒りが湧いてくる。憤怒が竹内の判断力を奪った。ゴムバンドに挟まれていたコントローラーを外す。スイッチはオフになっていた。オンにしたらどうなるのか。聡太にこんなことをしたやつはここをオンにして、反応を楽しんだのだろうか。

竹内は胃が焼け付くような怒りに突き動かされて、スイッチを指で押した。

「あっ、ああっ！」

ブ……ン、という振動音とともに、聡太が全身を硬直させる。さぁっと刷毛《はけ》ではいたように白い背中がほの赤く染まっていった。

「んっ………ん………」

きつく目を閉じ、唇を噛む横顔には、あきらかに官能が滲んでいる。細い指がシーツに爪を立てるのが見えた。

「感じているのか？」

「止めて…それ……っ」

「おまえ、こんなもので感じているのか」

もじもじと尻が動くさまは、竹内の怒りの炎に油を注ぐだけだった。谷間を指で開けば、コードは濡れた窄《すぼ》まりの中に消えている。異物を挿入されてわずかに綻んだ花が、なぜこんなに濡れているのか。竹内は男とのセックスの経験がないうえに、考える余裕をなくしていたのでわからなかった。

「見ないでよぉ……」

すすり泣きが聞こえたが、竹内の目はその部分に釘付《くぎづ》けになっている。コードを引っ張ると、ローターらしき異物が姿を覗かせた。

「あっ、う……っ！」

ぬるっと卵型のローターが出てきた。シーツにころんと転がったそれは、小さく振動を続けている。異物がなくなったあとの窄まりは、竹内を誘うように、濡れた粘膜をひくひくと蠢《うごめ》かせていた。

一週間前まで、聡太のここはこんな淫らな様子ではなかったはずだ。色気がまったく感じられなかったから、もしかしたらまったく経験がなかったかもしれない。

いったいだれが、ここをいやらしい性器に変えたのか。

竹内は腸《はらわた》が煮えくり返るような痛みを覚えた。叫びたくなるような泣きたくなるような、体の深い場所が痛くて痛くてたまらない。そのくせ、聡太の秘密の部分を目にして、喉が干上がるほどに興奮した。

「もう、見ないで……」

「ほかのだれかには見せたんだろう。だったら俺がすこし見たくらい――」

「だれも見てない！　見てないってば！　それに……俺はあなたにだけは、こんなところで会いたくなかった！」

本気の絶叫は、竹内を逆上させるに十分だった。視界が赤く染まり、枷のようなものが一気に弾け飛ぶ。聡太の腹の下に腕を入れ、ぐっと持ち上げた。尻だけを竹内に突きだすような体勢を取らせる。

「そんなに俺に会いたくなかったのか……」

片手で自分のベルトを外した。スラックスの前を手早く寛《くつろ》げ、いつのまにか完勃《だ》ちになっていた己の一物を取り出す。物足りなさそうに刺激を待っている窄まりに、先端をあてがった。

聡太がはっと息を呑み、首を捻じって背後を振り返ってくる。竹内がしようとしていることに気づき、真っ青になった。

「やだ、やめて、やだっ、しないで、しないでっ！」

「動くな、聡太っ」

暴れられて逆に抑えがきかなくなった。体重をかけ、一気に貫いてしまう。

「やだーっ！」

聡太の絶叫が胸に突き刺さる。それでも暴走した体は簡単には止まらなかった。根元まで挿入した屹立《きつりつ》を、すぐにずるりと引き出す。肉色の粘膜がぬらぬらと光り、卑猥だった。

「や、やだっ……」

無垢にしか見えない、頼りないほど細い腰とちいさくて固い尻。けれど竹内を絶妙に締めつけている粘膜は、もっと欲しいと貪欲に蠕動《ぜんどう》している。たまらない快感に、竹内は奥を突いた。

「ああっ！」

聡太の悲痛な声は、竹内の劣情をかきたてるものでしかなかった。

「あう、あっ、あっ、や、やめ、や……」

貪るように腰を使った。ベッドのスプリングがぎしぎしと絶えず軋《きし》み続け、聡太の背骨が撓《たわ》む。

もっと見たい——聡太の体を見たいと思い、ワイシャツをめくりあげた。肩甲骨が、羽根のように見える。そこを指でつつっと撫でると、竹内を食いしめている粘膜がきゅっと反応した。

「くっ……」

思わず呻き声が漏れた。健気《けなげ》な反応をした褒美のつもりではなかったが、上体をかがめ、首の付け根から肩甲骨にかけて、くちづけの雨を降らせる。

「あ、あ、ああ、ああっ、いやぁっ」

がくがくと聡太の尻が震え、シーツに白濁が散った。射精したのだ。ペニスに触れてもいないのに。

「いったいだれに仕込まれたんだ、聡太っ」

責める言葉しか出てこない。聡太は両手で顔を覆い、揺さぶられながら泣いていた。

どうしてこんなに腹が立つのか。なにが許せないのか。

答えが摑めたのは、聡太の奥深くに思いっきり欲望を放った瞬間だった。愛《いと》しさがどっと湧いてくる。泣きじゃくる聡太を見て、竹内も無性に泣きたくなった。

だれにもやらない——俺だけのものだ。大切に見守ってきたのに、横から掻っ攫われた。優しくしてあげたい。かわいがってやりたい。なのに。

「聡太……っ！」

細い背中をぎゅっと抱きしめた。離したくない。どんなに嫌がられても、もうどこにもやらない。好きだから。愛しているから——。

そうだ……このちっぽけな痩せた少年を、竹内はいつの間にか、愛してしまっていたのだ。だから、聡太に触れたやつを許せなかった。触れることを許した聡太に、腹が立った。

熱くなっていた頭がスーッと冷めてきた。

竹内は慌てて聡太から体を離した。支えを失った聡太の腰は、くたりとベッドに沈む。

「聡太……？」

動かなくなった聡太の顔を覗き込むと、頬を涙で濡らしたまま気を失っていた。

「……すまない……悪かった」

謝ってすむ問題だとは思えない。やってしまったことは消し去れない。怒りに我を忘れてとんでもないことをしてしまった。これはもう好きな子をいじめたというレベルではない。完全にレイプだ。

聡太は泣いて嫌がっていたのに。

「最低だ」

激しい自己嫌悪に唇を嚙む。ここに来たのは聡太を救うためだ。客として現れた竹内が聡太に事情を話し、保護することが目的だったはずだ。それなのに、自分はいったいなにをした？

「くそっ……」

そのときスーツの内ポケットで携帯が震えた。隣の部屋で待機している苅田からだった。

『おい、あんたなにしてんだよ。遅いぞ』

「……すまない。いま部屋を出る」

竹内は服をなおし、ベッドのシーツをはがして聡太を包み込んだ。そっと丁寧に抱きかかえ、部屋を出る。ほぼ同時に苅田も隣室のドアを開けていた。

「聡太はどうした？」

「……抵抗したので気絶させた」

とりあえず、そう嘘をつくしかない。

「そうか。行くぞ」

苅田の誘導で非常階段を駆け下りた。

悪夢にうなされたような気がした。

目を開いた聡太は、見たことのない部屋のベッドに寝かされていた。フットライトのほのかな光だけがともる薄暗い部屋は、無駄なものがいっさいない。テレビや電話機は見当たらず、ホテルの雰囲気ともちがう。窓には分厚いカーテンがひかれ、外は見えなかった。

ここはいったいどこだろう——？

また知らないうちにどこかに運ばれたのだとわかり、軽いパニックに陥りそうになる。体にかけられていたブランケットをぎゅっと握りしめ、叫び出してしまいそうな口に押し付けた。デリヘルの寮では、ストレスが溜《た》まって騒いだ女の子が、見張り役の男にひどく殴られていた。あんな目にあいたくない一心で、聡太はなんとかパニックをやりすごす。

しばらくして、とりあえず落ち着くことができた。深呼吸をし、改めてあたりをぐるりと見渡す。なにもないと思っていた部屋の壁一面が収納になっているらしいと気づいた。ところどころに取っ手のようなものがついていたからだ。

聡太はゆっくりと起き上がり、自分がパジャマを着せられていることを知った。滑らかな肌触りはコットンではない。これがシルクというものかもしれない。身につけたことがないので推測でしかないが。柔らかな手触りのシーツとブランケットも、かなり高価なものだろう。ベッドは広く、聡太ひとりではもったいない大きさだ。

いったいここはどこだろう。パジャマ一枚でも寒くないていどに空調がきいている。だれかの住まいとしか思えないが、こんな余裕のある暮らしをしている人に心当たりがなかった。

「あ……」

そういえば——自分はホテルへ仕事をしにいったはずだ。そこで、思いがけず、あの人に会った。まさか客として再会するなんて、運命は残酷だ。あの人が男を欲望の対象にする人だとは知らなかったし、デリヘルを買うような貞操観念のない人だとは信じたくなかったが、目の前に立たれては現実を受け入れるしかなかった。

あの人はスーツを着ていた。仕立てのよさそうな、とても格好のいいスーツだった。よく似合っていた。定食屋に来るときはスーツなんて着ていなかったから、ほかの客たちと同じように肉体労働系の仕事をしている人なのかなと、職種の想像がつかなくて勝手にそう結論づけていたが、そうではなかったらしい。

立派なスーツ姿は、どこかの大企業のエリートサラリーマンのようだった。経済的にも裕福なのだろう。聡太にとって、雲の上の存在なのだと見せつけられたような気がした。

あれが夢やまぼろし、妄想の産物でなければ、聡太はあの人に抱かれた。なぜか激しく怒っていたあの人は、聡太に怒りをぶつけてきたのだ。背後から挿入され、激しく揺さぶられた記憶がまざまざと蘇《よみがえ》ってくる。

あの人は、熱かった。痛いほどに抱きしめられて息が止まるかと思った。薬で綻び、濡れていたあそこに捻じりこまれた屹立は、大きくて力強く脈打っていた。はじめてのセックスだった。けれど、聡太の体は淫らに反応して快感に蕩《とろ》けた——。

激しい抜き差しに翻弄されて、自分が自分ではなくなってしまうような官能の深さを、聡太は恐れとともに思い出す。

「あ……っ」

あの人の充実したものを受け入れた後ろの窄まりが、ずくんと疼いた。たった一回のセックスで、もう体が変わってしまったのだろうか。戸惑いが胸にひろがるが、自分をそうした相手があの人ならば、諦めがつく。

思いがけない再会に一時は混乱したが、あの人に抱いてもらえてよかった。はじめての相手が、あの人でよかったと、心底、思う。源氏名ではなく、何度も本名を呼んでもらえて、たとえあまり優しさを感じない行為だったとしても、いまとなっては幸せだった。

泣きながら嫌だと繰り返す聡太を、あの人はどう思っただろう。満足できなかったのではないだろうか。お金を払って聡太を買ってくれたのに、申し訳ないことをした。

たぶん、もう二度と会えないのに。

救いに来たと言われて嬉しかったけれど、そんな夢のような話、聡太は信じていない。もしあの人と一緒に逃げたとしても、自分だけでなく、捕まったときにあの人までひどい目にあわされるのは嫌だった。あの人が殴られたり蹴られたりするくらいなら、自分が我慢して客を取ったほうがマシだ。

明日から、いや今夜かもしれないけれど、客は別の男だろう。あの人ではない。

「うっ……」

涙がぽろりとこぼれた。こんなことになって、ひとつわかったことがある。

聡太はやっと、自分のこの気持ちが恋だと気づいた。たまに店に来るただの客で、あまり言葉を交わしたこともなかったのに、名前も知らないのに、聡太はあの人を好きになっていたのだ。

我慢して客を取ったほうがマシだなんて、嘘だ。あの人ではない別の男と、セックスなんてできるとは思えない。これは自分に与えられた仕事だと、簡単に割り切って体を売る行為なんて、できるわけがない。

あの人だからこそ、あんなことができたのだ。あの人にされることなら、聡太はなんだって許す。けれど、見ず知らずの男に、体をすべて明け渡すことなんて、できるわけがない。あの人以外に抱かれるなんて嫌だ。絶対に嫌だ。耐えられない。

——逃げようか……。

逃げて、捕まったとしても、そこで死んでしまえばいい。祖母は体を大切にしろと教えてくれたけれど、心を守るためなら入れ物である体を捨ててもいいのではないか。

聡太はそっとベッドから下り、ただひとつのドアに近づいた。ここがどこかわからないけれど、初仕事を終えた聡太は信用を得て、デリヘルの寮から別のところに移されたのかもしれない。

ドアノブに手をかけようとしたときだった。唐突に外側からドアが開いた。いきなり明るい光が視界いっぱいに広がり、聡太は眩しさに目を閉じる。

「起きたのか」

聞き覚えのある声に、まさかと視線を上げた。あの人が立っていた。ホテルで会ったときとはちがうスーツを着ている。

どうして？　なにがどうなって？　ここはどこで、なぜこの人がここにいるのか？

わけがわからない。混乱して茫然と見上げるだけの聡太に、あの人は手を差し伸べようとし、途中でぴたりと止めた。

「……触ってもいいか？」

「えっ……」

なぜそんなことをいちいち聞いてくるのかと訝しく思った様子をどう解釈したのか、あの人は手を引っこめた。

「すまない。俺はできるだけ触らないようにする」

沈んだ声での謝罪の意味を、聡太はどう受け取ったらいいのかわからない。

「おい、目が覚めたのか。大丈夫そうなら、こっちに座らせろ」

あの人の背後から男の声がして、いつか一度だけ定食屋に来たことがある革ジャンの男が姿を現した。あのときの印象のまま、聡太の頭上二十センチほどのところから見下ろしてくる。

「おはよう。よく眠れたみたいだな。もう昼だぞ」

鋭い目つきと、格闘技選手のような体格、ハードなデザインの革ジャンは、やはり迫力がある。

「こっちに来い。話がある」

顎でくいっと隣室のソファを指され、聡太ははじめて二人のいる、リビングと思われる広い部屋の様子を目《ま》の当たりにした。

何畳あるのか、見当がつかない。学校の教室くらいの広さはあるのではないだろうか。レースのカーテンがかけられた大きな窓からは太陽の光がさんさんと降り注いでいた。外の景色はまるでテレビで見たスカイツリーからの眺めのようだ。ここは高層マンションの一室だろうか。

広い部屋にはテレビドラマで見るようなおしゃれな家具がゆとりを持って配置され、居心地がよさそうな雰囲気でまとまっていた。アイボリー色のソファ、毛足の長いチョコレート色の円形のラグ、カーテンは茶系のストライプ柄で、落ち着いた色だった。そして大きな薄型テレビ。電器屋でしか見たことがないサイズのものが、当然のように壁際に置かれている。

「立っていないで、座れ」

背中をトンと突かれ、聡太は振り返った。あの人が触ったのだ。さっき触らないと言ったばかりなのに触ってくれたと喜色を浮かべようとしたが、あの人は両手を上げて、まるで降参のポーズのようなマネをした。

「悪い。もうしない」

やはり触らないつもりなのだ。あんな仕事をしようとしていた聡太には、もう触りたくないのだろう。聡太を抱いてしまったことを後悔しているにちがいない——。

悄然《しょうぜん》としながら、聡太はパジャマ姿のまま促されたソファに腰を下ろした。正面に革ジャンの男が座り、あの人は斜め前に座る。

「まず、おまえの問題が解決していることを説明しようか」

革ジャンの男が話を切り出した。

「デリヘルには話をつけた。おまえはもう戻る必要はない。自由の身だ」

「……ウソ……」

いきなり終わるなんて、信じられない。まだ一回しか仕事をしていないのに、大金で聡太を買ったあの男たちは納得したのだろうか。

「ただし、自由の身といっても、定食屋に戻ることは、俺たちが許可できない。おまえはもう瀧川夏樹のそっくりさんと認識されちまったからな」

「おい、若頭を呼び捨てにするな」

「ああ、悪い」

革ジャンの男を咎めたあの人は、眉間に皺を寄せて難しい顔になっている。

「……若頭……？」

ナツキという源氏名が最初から用意されていたことと、まわりの男たちの会話の端々から、その名の人と自分が似ているらしいことは察していた。それが理由で拉致され、身代わりのようにして体を売ることを強制されたのだろう。それが瀧川夏樹というらしい。だが、その瀧川夏樹が、若頭？

「……まるで、ぼ、暴力団…みたいだけど……」

笑い飛ばしてほしくて聡太はひきつりながらも笑みを浮かべたが、二人とも表情を変えなかった。

革ジャンの男は、あの人をちらりと横目で睨んだ。

「おい、正体を明かしてなかったのか」

あの人は無言で視線をそらしている。

「暴力団みたいじゃなくて、俺たちはその暴力団だ」

俺たちと言った。二人とも、ということ？

「俺は西丸組の苅田。こいつは瀧川組の竹内。おまえのそっくりさんは瀧川夏樹といって、瀧川組の若頭だ。竹内はその側近」

竹内――。彼は竹内という名字なのか。かつての陸上選手もたしか竹内だったと思う。やはり同一人物なのかもしれない。それよりも、いま苅田は側近と言った。それはつまり……。

「側近……って、か、幹部って、こと？」

「そういうこと。でなきゃ、こんないいところに住めるわけないだろ」

「じゃ、ここは……っ」

「竹内の自宅」

聡太は思わず腰を浮かしそうになった。あの人の家に連れてこられていたなんて。ではさっきまで寝かされていたベッドは、あの人の……？

「瀧川組も西丸組も結構力のある組なんで、デリヘルと話をつけることができたってわけだ。だからおまえはしばらくここで静養して、英気を養え」

「こ、ここでっ？」

ぎょっとして顔を上げれば、あの人と目が合う。動揺している聡太を苦い顔で見ていた。

「この部屋で暮らすのが嫌なら、別の部屋を用意しよう」

「おい待て、それはダメだ。こいつはまだこの一週間のダメージから回復していないだろうし、顧問から安全宣言が出されるまで、外に出さないほうがいい」

革ジャンの男はきっぱりとそう言い、聡太に向き直った。

「おまえはここにいろ。外に出ても大丈夫と判断できたら、そのうち部屋を用意してやる。定食屋には、おまえが無事だったことは伝えた。勇次とかいったか、もうひとりの従業員が、おまえの荷物をまとめておいてくれるそうだ。そのうち舎弟のだれかに取りにいかせる」

「勇次は、なにか言っていましたか？」

「心配していたぞ。電話くらいならしてもいいが、まだ会いにいくのはよしてくれ。いいな」

「……………はい」

聡太は頷き、ひとつ息をつく。二人が暴力団だと知って驚いたが、はじめて見たときから一般人とは思えない迫力を感じていた。職業の想像がつかなくてあたりまえだ。聡太とは無縁の世界に生きる男たちだったのだ。

革ジャンの男はそれからすぐに、慌ただしく出ていった。二人きりにされ、聡太はどうしていいかわからずに、ただ無言でソファに座るしかない。聡太が俯いたままもじもじと指先を動かすだけで黙っていると、竹内がため息をついた。静かな空間には、それだけの音がやけに大きく聞こえる。

「吸ってもいいか」

ソファが囲むガラスのテーブル上には、煙草の箱とライター、陶器の灰皿が置いてある。すでに数本の吸殻が入れられていた。

「……どうぞ」

聡太の許可など取らなくても、ここは竹内の部屋だ。それに煙草には慣れている。働いていた来々軒は禁煙ではなかったからだ。竹内は煙草を口にくわえて火をつけ、ゆっくりと吸いはじめた。

カッコいい――。ただ煙草を吸っているだけなのに、まるで俳優のようにしぐさが決まって見えるのはなぜだろう。聡太はついぼんやり見つめてしまった。

時間をかけて一本吸い終わった竹内は、おもむろに立ち上がった。

「……悪いが、俺はそろそろ仕事に行かなくちゃならん。一人で大丈夫か？」

「あ、はい。大丈夫……だと、思います」

よくわからないが聡太は頷いた。

「家の中のものは自由に使っていい。キッチンにあるものも好きに食べていい」

「はい……」

「こっちに来い」

リビングを出ていく竹内についていくと、短い廊下の先にドアがあった。中は六畳ていどの洋間で、白木のシンプルなシングルベッドとデスクがあった。ベッドの上には購入したままらしい、袋に入った状態の布団が乗っている。

「ここがおまえの部屋だ」

「えっ……」

びっくりした。しばらく竹内の自宅に匿《かくま》われるという事情は理解したが、まさかこんなにきれいな部屋を与えてもらえるなんて。

「あの、こんなにちゃんとした部屋じゃなくてもいいです。俺、どこででも寝られるので、ソファでも床でも――」

恐縮する聡太を無視して、竹内は部屋の中に入っていき、壁の扉を開けた。つくりつけのクローゼットには、すでに何着もの服がハンガーにかけられていた。

「おまえのサイズに合わせて服を用意してある。適当に使ってくれ」

「俺の……？」

聡太の衣類は店の二階からまだ運びこまれていない。それが届くまでの服だろうが、それにしては数が多い。いつも質がよさそうな服を身につけているだろう竹内が揃えたものだ。果たして聡太の貯金で払いきれるだろうか。うろたえた聡太に、竹内がすこし困った目をした。

「気に入らなかったら言ってくれ。買い直す」

「い、いいえ、そんなことはたぶん、ないです。ただ、その……」

「なんだ？」

「……お金があまりないので……」

優雅な暮らしをしている人の前で打ち明けるのは勇気がいる。だがあとになってから「実は……」と話すよりはいいだろう。

「金が、どうした？」

「……その洋服代を、払えるかどうか、わかりません……。しばらくここにいて外に出られないとなると働けないので――」

現在の憂いを正直に口にする。こつこつと貯《た》めてきたお金は五十万円ほどだ。あれはいざというときのために、少ない給料から貯金してきた。あれで足りるだろうか。クローゼットの中には、ちらりと見ただけで高そうなロング丈のコートや暖かそうなショートブーツまであり、半透明のプラスチック製の引き出しには、ぎっしりと何かが詰まっている。すべてがブランド品だったら、とんでもない金額になりそうだ。

ため息が聞こえて、聡太は顔を上げた。呆れた顔の竹内が見下ろしてきている。

「あのな、俺がおまえに料金を請求すると思っているのか」

「えっ……ちがうんですか？」

「おまえは俺たちの揉め事にまきこまれて、こんな目にあったんだ。このていどの詫《わ》びじゃ済まないほどだ。たぶんそのうち両方の組から口止め料を兼ねた慰謝料が支払われるだろう。四の五の言わず

に受け取れよ」

「い、慰謝料？」

驚きのあまりに聡太は声がひっくりかえった。なにもわかっていなかった聡太に、竹内が嚙んで含めるような口調で付け足した。

「言っておくが、ここにいるあいだの生活費はいっさい気にしなくていい。食費はもちろん、電気代も水道代もガス代も請求するつもりはないからな」

「……そうなんですね……」

頷いた聡太の頭に、竹内の手がぽんと置かれた。あ、触ってもらえた、と視線を上げたが、竹内は弾かれたように後ずさって距離を取る。

「……悪い……。つい……」

言葉すくなにリビングへと戻っていってしまう。やはり触りたくないと思われているのだ――。体の芯がすうっと冷えていくような感覚を味わった。しかたがない。時間を巻き戻せない以上、これはもうどうしようもないことなんだと、聡太は自分に言い聞かせる。

「じゃあ、行ってくる」

竹内はその後すぐ、仕事に出かけてしまった。帰りは何時になるかわからないという。具体的に仕事内容がどんなものなのか、聡太には想像がつかない。

とりあえずパジャマから部屋着に替えて、聡太はリビングのテレビをつけた。デリヘルの寮にいたあいだ、テレビがなかったので見られなかった。テレビは日常生活の象徴のように思う。ひさしぶりの日常だった。見たい番組があるわけではなかったが、じっと画面を見つめた。

この一週間のことは思い出したくない。寮にいた人たちがどうなったのか、気にしてはいけないのだと思う。苅田は「おまえの問題は解決した」と言っていた。きっと、あそこから出ることを許されたのは、聡太だけだ。だれもが聡太のように幸運にも助け出されるわけではないのだ。

ここは竹内の家。もうだれも聡太に危害を加えようとする人はいない。安全なのだ。あの、暗くてじめじめとした恐ろしい場所に、二度と戻らなくていい――。

心の中で、残された彼ら彼女たちに「ごめんなさい」と呟いた。そして、もう忘れようと決める。

「あ、俺の財布……」

コンビニ帰りに拉致されたときポケットには財布しか入れていなかった。竹内にもらったネコのストラップがついている財布だ。中にはたいした現金は入っていなかったので、取り上げられることはなかった。ネコのストラップが、聡太の心の支えになったのは言うまでもない。

あれはどうなったのだろうか。もう手元には戻ってこないのだろうか。

たとえ戻ってこなくても、しかたがないのだろう。こうして自分は助かったのだから。

ソファに深く座り、脚を抱えこむようにして膝に顎を乗せた。主婦が見るような情報番組を眺めながら、聡太はこの家の主を想う。名字がわかったから、つぎは下の名前を知りたい。どうやって聞けばいいだろうか。

聡太はじっとちいさく丸くなったまま、テレビだけを見続けていた。


竹内が買ったセーターとジーンズを着た聡太は、竹内の帰宅を強張《こわば》った顔で出迎えてくれた。

二日目になっても全身で警戒しているように見える聡太を、竹内はどう扱っていいかわからない。

「あー……聡太」

「は、はい」

びくっと肩を揺らして、聡太が返事をした。

過剰な反応を苦々しく思いながら、とりあえず竹内は食事をさせることにした。

「食事だ。買ってきたぞ」

「ありがとうございます……」

竹内は苅田と交代で、聡太に食事を差し入れていた。竹内はまた事務所に戻らなければならず、一緒に食事をとることはできない。だがそのほうが聡太は気が楽だろうと、自嘲をこめた乾いた笑いをこぼす竹内だ。

近所の弁当専門店で購入した弁当は、コンビニのものよりうまいはずだ。わざわざ竹内はその店まで行って買ってきた。

「あの、毎回、買ってきてくれるのはありがたいんですけど、面倒じゃありませんか」

二人とも忙しそうなのに、と聡太が控えめに訊ねてくる。

「暇ではないが、おまえに食事をさせなくちゃいけないからな」

「食材を買ってきてもらえたら、三食、自分で作ります」

昨日よりいくぶん気力が回復したのか、建設的なことを申し出てきた。自炊してくれれば、こちらは楽だが、こうして食事を運ぶのは聡太の様子を見る意味もある。

一週間も酷い扱いを受けていたのだ。心の傷が心配だったのだが、いまのところ与えた食事はきちんととっているし、顔色もよくなっている。自炊させても大丈夫かもしれない。それに、竹内の顔を見ないで済んだほうが、聡太は冷静でいられるかもしれないのだ。暴行魔の顔を見たいと思うような被害者は、いないに決まっている。

あのときのことは、話題にしていない。聡太の方から切り出してきたら、土下座して謝罪するつもりだが、竹内は自分から口にすることはしていなかった。言葉にすることで、聡太がふたたび傷つくのを恐れている。もうこれ以上、聡太を泣かせたくなかった。

「じゃあ、明日から自炊してもらおうか。必要な食材を書き出してくれ」

「わかりました」

聡太がかすかに肩の力を抜いて安堵の表情を浮かべたのを、竹内は見てしまった。やはり竹内の前にいると緊張するのだ。

聡太を好きだと自覚するのが遅すぎた。あんな酷いことをして、許してもらおうなんて虫がよすぎる。一生、後悔を背負っていくのが自分に下された罰だと、竹内は諦めていた。

頼んだ食材を届けてくれたのは竹内ではなく苅田だった。段ボール箱に詰め込まれた野菜と肉、魚の切り身を、聡太は冷蔵庫に移した。竹内はほとんど自炊をしていなかったようだが、調理器具は一通り揃っている。炊飯器もあるので、不自由はしないだろう。

「あと、これも受け取ってきたぞ」

もうひとつの段ボール箱には、来々軒の二階に置いたままだった聡太の荷物が入っていた。

さっそく開けて、聡太は祖母の位牌や写真、預金通帳などを確認する。一番下から陸上雑誌が出てきた。勇次は窓際のカラーボックスに置いてあったものを、すべて箱に詰めてくれたのだろう。

「なんだ、おまえ陸上が好きなのか?」

「中学時代にすこしやっていたので……」

「竹内さんも昔やってたんだぜ」

苅田の言葉に、聡太は「やっぱり」と胸を弾ませる。どこかで見たことがあると思ったのは、気のせいではなかった。

「あの……竹内さんの下の名前ってなんですか?」

「泰史だが」

竹内泰史――。そうだ、そんな名前だった。

「お店に来たときから、どこかで見たことがある人だと思っていたんです。でも確信は持てなくて」

聡太は手を止めて、じっと陸上雑誌の表紙を見つめる。

「俺が中学生だったころ、竹内という中距離の選手がとても注目されていて、陸上の専門誌に名前が載るほどでした」

「ああ、なるほど」

「あの……竹内さん、陸上、やめちゃったんですよね。突然、名前が消えて、どうしたのかと思っていました。実業団入りが決まっていたはずなのに……どうしてやめちゃったんでしょうか。いまの、この仕事をしたかったからでしょうか」

ためらいながらも、聡太は聞いた。竹内本人には聞けないことだ。

「陸上をやめたのは、家庭の事情だと聞いた。大学を卒業できなかったらしい」

「えっ……」

「親父さんが莫大《ばくだい》な借金を作って、家族は離散したみたいだ」

想像以上にヘビィな話に、聡太は愕然とした。てっきり体のどこかが故障したか、実業団の方の事情が変わったかのどちらかだと思っていた。借金で一家離散――それで大学を辞めたなんて……。

「それで生活のために働きはじめて、瀧川組の組長に出会ったんだろう。気に入られて、組に勧誘された。そしていまにいたる」

好きでやめたわけではないのだ。

「俺……聞かないほうが良かったのかな……」

「いや、別に、竹内さんは隠していないから、いいんじゃないか。こっちの道に来たことを後悔していないみたいだし」

たしかに竹内から荒んだ雰囲気は伝わってこない。プライドを持って、仕事をしているように見える。莉田が聡太の手元からすっと雑誌を取り上げた。ぱらぱらとめくる。

「もしかして、竹内のこと、昔は憧れていたとか？」

「それは……陸上をやっている中学生からしたら、雑誌にインタビューが載るような注目選手は憧れです」

「なるほど」

ニヤニヤと莉田が笑いながら雑誌を返してくれる。含みのある笑みは「それだけじゃないだろう？」と言っているようだ。もしかしてホテルでのことを知っているのだろうか？　聡太がどう反応していいか困っていると、莉田は話題を変えてくれた。

「食材は、足らなくなったらいつでも言ってくれ。ほかに、ここの生活に不自由はないか？」

「特に不自由は感じていません」

「まだしばらく外に出られそうにないが、我慢できるか？」

「大丈夫です。もともとインドア派なので」

「読みたい本とかＤＶＤとか、あれば取り寄せるぞ」

「ありがとうございます」

聡太にとって、仕事もせずにこんなにゆっくりすごす時間は、祖母が亡くなってからはじめてだった。一日目は戸惑いが強かったが、外に出られないのならしかたがないと開き直ることにした。

聡太は新聞の広告で見かけたベストセラー小説のタイトルをメモ用紙に買いて、苅田に手渡す。

「ＯＫ、明日にでも届ける」

「お忙しいようなら、いつでもいいです。ここにはテレビもあるし、映画のＤＶＤもたくさんあるので」

竹内は洋画が好きらしい。昔の名作と呼ばれるものから最新のハリウッド映画まで、数え切れないほどのＤＶＤがキャビネットに並んでいる。

「任侠《にんきょう》モノが観たくなったら言ってくれ。俺が山ほど持ってる」

冗談なのか本当なのか、苅田はニヤリと笑う。

「ほかになにか、俺に言っておきたいこと、頼みたいことはないか？」

「…………」

実は、ある。だがこんなことを頼んでもいいのかどうか、聡太は逡巡《しゅんじゅん》した。

「なんだ、あるならさっさと言え」

「あの…………」

竹内には頼めない。頼めるとしたら、苅田の方だ。毎日毎日、悶々と思い悩むことに飽きていた聡太は、思い切って望みを口にした。

「俺に似ているという、瀧川夏樹さんの顔を見てみたいです。写真かなにか、ありますか？」

苅田はしばらく黙った。やはりこんなことを望んではいけなかったのだろうか。力があるという暴力団の若頭だ。ただ顔が似ているというだけの聡太が、顔を見たいなんて――。

「いいぜ。スマホで撮ったやつでいいなら、ここにある」

「い、いいんですか？」

「まあ、叱られはしないだろ。竹内は若頭に心酔しているが、おまえに写真を見せるなとは言われていないし。そりゃ見てみたいよな。似てるのはおまえのせいじゃないのに、とんでもない目にあったわけだし」

苅田は革ジャンのポケットから携帯端末を取り出し、しばらく操作した。

「ほら、これだ」

見せられた写真に、聡太は衝撃を受けた。二人の男が写っている。説明されなくても、どちらの男が夏樹なのかわかった。がっしりとした体格の男の横に、腰を抱かれるようにしてほっそりとした若い男が立っている。二人ともスーツ姿だ。

「こっちが俺の兄貴の西丸欣二、それでこっちが瀧川夏樹」

似てない。ぜんぜん似てない。どうしてこの人と自分が似ているなんて、みんな思ったのだろうか。

だって——すごくきれいだ。夏樹という人は男らしさを失わないまま妖艶で、内側から輝くようなにかがある。となりに立つ男も存在感があって独特の凄みがあるが、夏樹も負けていない。二人が並ぶと迫力があった。

「似てません……」

絞り出すように聡太は呟いていた。

「どこが似ているんですか。俺は、こんなにきれいじゃない……。苅田さんは、俺とこの人が似ていると思いますか？」

「んー……まあ、パーツは似てる。おまえにスーツを着せたら、もっと似て見えるのは立証済みだ。全体的な雰囲気はまるでちがうかな。でも若頭をそんなに知らないやつがおまえを見たら、似てると思うだろうさ。だから狙われたんだ」

気が済んだか、と言われて聡太は頷いた。しゅんと萎《しお》れてしまった聡太に苦笑いしながら、苅田は帰っていった。

聡太は私物が入った段ボール箱を抱えて、六畳の洋間に運ぶ。祖母の位牌を出し、つくりつけのクローゼットの棚にそっと置いた。手を合わせて、心の中で謝罪する。一度でも死んでもいいなんて考えてしまったことを詫びた。

そして箱の中の服をクローゼットの引き出しに入れる。竹内が買ってくれた服に慣れはじめていた手には、着古された安物は、ひどく固く感じられて驚いた。以前はこれが聡太の精一杯だった。それで十分だと思っていたし、不満はなかった。それなのに、いつのまにか甘やかされていた。

竹内は残酷だ。ぶっきらぼうで無愛想で無口なくせに、根っこのところでは優しい。

聡太に優しくしてくれる人なんて、祖母が亡くなってからは一人もいなかった。だから、うれしかった。心酔しているという夏樹に似ているからだなんて、まったく知らなくて——名前も知らない竹内に恋をした。

おつりを小遣いにしろと言ってくれたのも、仏花を買ってくれたのも、ネコのストラップをくれたのも……ぜんぶ、ぜんぶ聡太が夏樹に似ていたからだ。今回のように、聡太が悪意を持っただれかに利用されないよう、竹内は見張っていたのだ。

それなのに、そんな事情を知らない聡太は、惹かれてしまった。男の人に対してこんな気持ちになるとは思ってもいなかったけれど、いままでだれも好きになったことがなかったから、自分が他人を好きになれたことに、単純に喜びを感じた。

ただ夏樹にすこし……ほんのすこし似ているだけなのに。

優しくしないでほしかった。聡太個人を気にかけているような態度を取らないでほしかった。

そうすれば、こんなにも好きにならなかっただろうし、もう触れてくれなくなった事実に傷つかずに済んだ。

あのホテルでのことは、聡太も竹内も口にすることは避けている。竹内にとっては忘れてしまいたい出来事だろう。夏樹に似ている聡太が売春しようとしたことが、きっと許せなかったのだ。あのとき、すごく怒っていた。衝動的にあんなことをしてしまって、竹内は聡太に悪いと思っているのだろう。

いっそのこと突き放してくれればいいのに。でも竹内には、そんなことはできないのだ。聡太が夏樹に似ているから。

ふと、竹内は夏樹を愛しているのかもしれない――と思いついた。

それならそれで、聡太をかわりにしてくれてもいいのに。

「……それはないな……。だって、似てないもの……」

自嘲をこめて呟き、聡太は涙をこらえた。もっと似ていたら、聡太は強気に出られただろうか。

似てない。あんなにきれいじゃない。比べられたら、聡太なんてゴミのようなものだ。これ以上、竹内に関心を持たれることはないだろう。

わかっているのに、すぐに嫌いになれるわけもない。はじめて人を好きになった。はじめて人肌の温度を知った。はじめて切なさに涙した――。なにもかも竹内に教えられたようなものだ。

辛いけれど、ここから出ていこうとは思わなかった。ここにいたい。ここにいれば、竹内の顔を見ることができる。

今夜は何時に帰ってくるだろう。昨夜は遅かった。帰宅を待って起きていたら、さっさと寝ろと叱られた。それすらも嬉しい。できればもっと会話をしたいが、竹内はおそらくそんなことは望んでいない。

好きになってもらえる望みなんて欠片もないのに欲張りになっていきそうな自分を、聡太は笑うしかなかった。

マンションのエレベーターに乗ったところで、竹内は腕時計をちらりと見た。今日もまた零時を過ぎている。

ブラックダイアモンドの残党狩りは順調に進んでいるが、あれこれと雑事が多く、時間が取られる。しかもこの件に関しては夏樹には知らせずに動いているため、どうしても夜中に動かざるを得なかった。聡太と二人きりの時間をあまり取りたくない竹内にとっては好都合と言えるが——。

エレベーターを降り、玄関ドアの鍵を開けると、竹内は静かに中に入った。聡太はもう寝ているだろうか。

最初の数日、聡太は竹内の帰りを待って起きていた。なぜ待っているのか意味がわからず、さらに「おかえりなさい」と控え目ながらも出迎えられて、照れ臭さとあの夜の罪悪感があいまって、「さっさと寝ろ」と怒鳴ってしまった竹内だ。

それ以来、聡太は起きていても、竹内が帰るころには自分に与えられた部屋に引っこむようになった。気を遣わせている。年下の未成年に。

情けないが、どう接していいかわからないから、どうしようもない。

廊下からリビングへ行くと、液晶テレビがついていた。深夜のニュースが流れており、聡太の姿は見えない。消し忘れて寝たのかなと不審に思った竹内は、ソファの上で眠っている聡太を見つけた。

空調はきいていてもパジャマだけでは寒いのだろう、ネコのように小さく丸くなっている。このままでは風邪をひきかねない。

起こそうと思ってかがみこみ――竹内は聡太の長いまつげに目を奪われた。こんなに長くて、濃かっただろうか。そして唇は、こんなにちいさかっただろうか。頬が透き通るように白く見えるのは、気のせいだろうか。

やはり夏樹には似ていない。竹内の目にはもう、聡太と夏樹の顔はまったく似通ったところがなくなっていた。この少年を愛していることに気づいたあと、もしかして自分は夏樹への複雑な感情を、顔が似ている聡太でまぎらわそうとしているだけなのではないかと疑った。

だがその後、夏樹と会っても心は動かされない。比べれば比べるほど、二人に似ているところは見つけられなくなった。もはや欣二と夏樹が仲良くしている場面に遭遇しても、感情が波立つことはなかった。

竹内の心の中には、もう聡太しか住んでいない。

一人ぼっちで、孤独に苛《さいな》まれながらも健気に生きてきた聡太。辛いことがたくさんあっただろうに、心の清らかさは失っていない。酷いことをした竹内に対しても、責める言葉はなかった。あの境遇から助けたことにかわりはないから、竹内を許そうとしてくれているのかもしれない。

聡太は優しい。こんな男にも、優しくしようとしてくれている。許されたら、自分はきっとまた酷いことをしたくなるだろう。いつまで自制がきくか、自信がなかった。

こうして寝顔を眺めているだけでも、引きこまれるように聡太へと上体が傾いていく。ちいさな唇から視線をそらすことができない。ソファの背もたれに手をついたとき、その軋みで聡太がふと目を覚ました。間近にいる竹内に息を呑み、限界まで体をすくませる。竹内は慌てて下がった。

「聡太、その、こんなところで寝ては風邪をひくから、起こそうとしたところだったんだが……」

「あ、ありがとうございます」

聡太はぎくしゃくと頭を下げ、逃げるようにリビングを出ていく。それでも、「おやすみなさい」と就寝の挨拶を忘れなかった。

リビングに一人残され、竹内はやれやれとため息をつく。聡太が起きてくれてよかった。あのまま目覚めなかったら、自分は衝動的になにをしていたかわからない。

やはり自分の理性は信じられないと、よくわかった。

「事務所に泊まりこむか……」

リモコンでテレビを消しながら、竹内は手っ取り早い方法を呟いた。

「あの、竹内さんは、お忙しいんですか」

頼んでいた食材を届けにきてくれた苅田に、聡太はここのところ気になってしかたがなかったことを訊ねた。

「そりゃまぁ、忙しいだろうな。俺と違って、あいつは若頭のビジネス上の側近でもあるからな。どうしてだ？」

こんなことを言ってもいいのかどうか迷うが、苅田以外に事情を知っているうえで相談できる人はいない。

「竹内さんと、ずっと顔を合わせていないんです。着替えのために帰ってきてはいるみたいなんですけど……。たぶん、避けられているんだと思います。あんな仕事をしようとした俺の顔なんか、見たくないのはわかるんですけど、ここは竹内さんの家だから――」

「売春云々《うんぬん》でおまえの顔を見たくないってのは、ないと思うぞ。あれは強制されてのことだったし、あいつもヤクザだ、風俗店だって経営しているのに、いまさらそんなキレイごと言うわけない」

きっぱりと苅田が否定する。

風俗店を経営……聡太は悩みとは関係ないところで新たな衝撃を受けてしまった。

「竹内さんが、ふ、風俗の店を、経営しているんですか？」

「いや、正確には瀧川組だ。若頭が何件か経営を任されていて、竹内も一緒にそういった店に出入りしているはずだ。帳簿の点検とか、店内のチェックとか、いろいろとやることはあるからな」

あのストイックそうな竹内がそうした店に出入りしている光景が想像できない。茫然としている聡太に、茢田が苦笑を向けた。

「まあ、あいつが泡姫の誘いを受けて抜いてもらったとかいう話はきかないから」

「泡、姫…ですか？」

どこのお姫様のことだろう、と首を傾げると、茢田が「ははっ」と声を出して笑った。

「もうちょっと大人になったらいろいろ教えてやるよ――って、俺がおまえに遊び方のレクチャーなんかしたら竹内の野郎が怒髪天をつく勢いで怒鳴りこんできそうだな」

茢田は手の中で車のキーをチャラリと鳴らす。

「まぁ、あいつも複雑なんだろう。思いもかけない展開になっちまって」

「思いもかけない？」

「いや、こっちのこと」

茢田はニッと笑って、てのひらで顎を擦《こす》りながら遠い目になる。

「あいつって、なんでもできそうなのに、実は不器用だったんだな」

不器用？　竹内には当てはまらない言葉のように思えるけれど。

「聡太は、あいつが帰ってきてくれたほうがいいんだな？」

「もちろんです。俺は、竹内さんに帰ってきてほしくないなんて、一度も思ったことはありません」

「わかった。伝えておく」

聡太の真剣な姿勢につられてか、茢田も真顔になって頷いてくれた。

「はいよ。頼まれていたもの」

苅田に差し出された紙の束を、竹内は無造作に受け取った。

「顔色悪いな。寝ていないのか」

「まあな」

ため息をついて、竹内はＰＣの画面から目を離した。疲れた目の周囲を、両手で軽く揉むようにする。いくら若くて体力があるとはいえ、連日の睡眠不足は疲労となって蓄積されていた。背中にずしりと見えない重みを感じる。

苅田が瀧川組の事務所まで持ってきてくれたのは、今後、聡太の住まいとして相応《ふさわ》しい物件と、職場のリストだ。

ブラックダイアモンドの後始末は、数日以内にはすべてが完了しそうだった。外に出ても支障がないていどに安全になれば、聡太を自分のマンションに住まわせておく理由がなくなる。

当初の予定どおり、聡太のためにピックアップした物件の中から、本人に選ばせるつもりだった。

「昨日、様子を見にいったぞ。聡太に聞いたか？」

「いや、聞いていない。ゆうべは帰っていないからな」

「どこに泊まった？　女のところか」

「馬鹿野郎、ここだ」

茹田の軽口に乗ってやる余裕がなく、竹内は張りのない声で返すだけだ。両手で顔を覆い、重いため息をついた。

「足らない食材を買い足しておいた」

「そうか。ありがとう。聡太はおまえの方に懐いているようだから、そういうことは俺がやるよりいいと思っていた。当たりだな」

「あれは俺に懐いているっていうより、あんたが近くに寄ってこないからしかたなくっていう感じだろ」

両手で顔を隠すようにしていてよかった。表情の変化を見られなくて済む。

「わけのわからないことを言うな」

「聡太のやつ、あんたが陸上やってたことを知ってたぞ。憧れの選手だったらしいじゃないか」

「えっ？」

今度ははっきりと反応してしまった。憧れの選手？　初耳だ。

「あんたに避けられてるって、暗くなってたぞ。ちゃんと帰れよ」

「…………」

やはり避けていることを気づいていたか。だがその理由については、正確なところをわかってはいないだろう。どう勘違いしているかは想像に難くない。

誤解を正すことが、果たしてよいのか悪いのか——悪いに決まっている。

「………今夜は帰る。この話もあるし」

住む場所と仕事。聡太の将来は、陰ながらしっかりサポートしていくつもりだ。大切な存在だから、忌まわしい記憶は早く忘れて、幸せになってもらいたい。

「あのさぁ」

「なんだ？」

「そんな顔してあいつのことを考えるくらいなら、とっとと自分のものにしちまえばいいのに」

「おま……っ」

またもやポーカーフェイスを崩してしまった。狼狽《ろうばい》した竹内に、苅田は呆れた目を向けてくる。

「あんた、隠しおおせていると思ってたわけ？　惚れてるの、丸わかりだぜ。聡太の前では態度がぎこちないったらないからな」

「………」

竹内は茫然とするあまり苅田になにも言えない。

「ホテルで、やっちまっただろ」

爆弾を落とされて、竹内はますます追い詰められる。

「いくら壁が厚いシティホテルだっていっても、あれだけ聡太が叫べば聞こえるって。あーあ、とうとうキレたかって、俺は隣の部屋で笑ったよ」

「………笑うな」

力なく抗議すると、苅田はクックッと肩を揺らして笑った。

「おまえ、はじめて来々軒で聡太を見たときから、惚れてただろ。ああこれが一目惚れってやつかと、俺は感心した」

「もういい。黙れ」

「若頭とおなじ顔の男に惚れるって、いったいどういう趣味で、どんな深い意味があるんだと考えさせられたね」

「若頭と聡太が似ているのは顔のパーツだけだ。よく見るとぜんぜん違う。性格だって真逆だろう。俺は若頭とどうこうなりたいと思ったことはない」

「なるほど。聡太とは、どうこうなりたいと思っているわけだ」

苅田の指摘を認めるような発言をしてしまった。竹内は両手で頭を抱えこむ。

「悩むのは自由だが、聡太とちゃんと話をしろよ。あいつを危ない目にあわせたのは俺たちだ。これ以上、傷つけたくないと思うなら、避けられてるって暗く落ち込んでいる聡太をどうにかしてやれ」

「あいつの方が怯えているんだ。俺が近くに寄ると、いちいちビクつく」

「怯えている？　そうかな……」

「俺は許されないことをした」

このまま教会にでも出向いて懺悔《ざんげ》したい気分だ。仏教徒だが。

「まあ、とにかく、今夜は帰れ。聡太から頼まれた。あんたに、きちんと家に帰ってきてほしいと伝えてくれって」

聡太がそんなことを――では嫌われていないのか？　怯えていないのか？　かつての憧れの選手にあんな暴行を受けて、ショックだったのではないか？　あれやこれやと疑問がぐるぐる頭の中をめぐっていく。そのうち考えることに疲労を感じ、竹内はため息をついた。

ここ数日で一生分ほどの懊悩《おうのう》を繰り返した。いいかげん疲れてきたというのが本音だ。

とりあえず帰ろう、そして話をしよう。

竹内は心に決めて、帰りじたくをはじめた。


ひさしぶりに午後十時という早い時刻に帰宅した竹内を、パジャマ姿の聡太は控え目な笑顔で迎えてくれた。

「お、おかえりなさい…」

「…………ただいま」

一人暮らしが長かったので、出迎えられるとやはり照れ臭い。竹内は感情を隠すために、さらに仏頂面になった。

「話がある。座ってくれないか」

上着を脱ぎネクタイを緩めながらソファに座る。対面へと促すと、聡太は従順に座った。

「苅田からだいたいのことは聞いているかもしれないが、そろそろ片がつきそうだ。これが賃貸物件のリストで、こっちが仕事のリスト。目を通して、よさそうだと思ったものを選んでおいてくれないか」

「……聞いていません」

ローテーブルに置いた紙の束を、聡太はどこか茫然とした目で眺めている。

「仕事は接客と事務系と取り混ぜてある。全部、組の関連先だから嫌かもしれないが、直営ではないから、そこに勤めているからといって即、暴力団関係者と思われるような職場じゃない。知らずに働いている者も多いみたいだ」

聡太はリストを手に取ることもせず、無言で俯いている。

「……どうした？　組の関連先は嫌か？　だが、我慢してほしい。なにも組に入れと言っているわけじゃない。なにかあったらすぐに駆けつけられるように、おまえの動向を把握しておきたいだけだ。俺たちは極力、接触しないようにするから、心配しなくていい」

「心配なんて……」

聡太はくっと唇を噛みしめる。

「……あの、いつごろ、ここを出ていかなくちゃならないんでしょうか……」

「いつとは、まだはっきりとは言えないが……」

「まだ、先のことなんですよね？」

「そうだな。一、二週間は」

数日以内にはすべてが終わりそうだが、欣二の安全宣言が出されてからも、しばらく様子をみる期間を作ろうと思っている。そうすると半月か一カ月か――。

「だったら、そのときになってから、選びます。いまはまだ……見たくありません」

そばに寄るたびにビクビクと怯える聡太に対し、近いうちにこの部屋から出ていけると示すのは有効だと思ったが、そうではないようだ。

もしかしたら一人暮らしが怖いのかもしれない。あんな目にあったばかりだし、一人にされるより、無体なことをした竹内の部屋でも安心を得ることができるのかも。

「ここにいるのが辛いなら、苅田のところに行くか？」

「えっ……」

聡太が弾かれたように顔を上げた。

「あいつの部屋はここほど広くはないが、一人くらいは置いておけるだろう。ただまあ、人の出入りはあるが」

苅田には複数のセックスフレンドがいる。もちろん身元の調査を済ませた相手ばかりだが、自宅に呼びつけるのが難と言えば難か。

だが苅田は悪い男ではないし責任感は人一倍だ。もし聡太を預かることになったら、邪険に扱うことはないだろう。今日の口ぶりからも、聡太を気に入っているのがわかった。

「苅田のところに行ってみるか？」

「お、俺は、ここにいるのが辛いなんて、言ったことはありませんっ」

「そうだが……」

全身に反抗心を漲《みなぎ》らせている聡太に、竹内はため息をついた。

「俺の近くにいるのは、嫌だろう？」

いままで触れずにいた部分に、竹内は止《や》む無く踏み込んだ。聡太はかわいそうなほど全身を強張らせ、膝の上で拳をぎゅっと握る。

「嫌だなんて、思ったことは、ありません」

「俺に気を遣って無理をしなくてもいい。あんなことをされて……平気でいられるほうがおかしいんだ。おまえは俺を糾弾してもいいくらいなんだぞ」

「そんな……っ」

聡太は意外なことを言われたとでもいうような表情で顔を上げ、大きな目を潤ませる。竹内は唇を震わせて見つめてくる聡太の様子が、妙に扇情的に見えて困った。

「俺が近くに寄ると、おまえは怯えるじゃないか。だから、できるだけ顔を合わさないようにしたし、苅田のところへ行くことも……」

「ここにいます。ここがいいです！」

思いがけず聡太は強い口調で言い切った。

「俺は……あなたのそばにいたいです……」

ぽろぽろっと聡太の目から涙がこぼれおちた。なぜここで泣く？　わけがわからなくて啞然としている竹内の前で、聡太は両手で顔を覆い、細い肩を震わせてすすり泣きをはじめた。

「おい、聡太……？」

「ずっと前から、ただのお客さんだったときから、俺、あなたのことが好きでしたっ」

泣きながらの告白に、あろうことか竹内はしばし頭を真っ白にさせてしまった。竹内の無反応ぶりに絶望したのか、聡太の泣き方が激しくなる。

本当だろうか――。聡太が、自分のことを好きだと？　ただの客だったときから？

信じられなかった。

だが、聡太は「ここにいたい」と泣いている。無理やりあんなことをされたのに。しかも、竹内の仕事を知ったのに。それでもなお、そばにいたいと言うならば、本当、なのか……？

「おまえ、俺が嫌いなんじゃなかったのか。強姦するような男だぞ」

「俺は、あれを強姦だなんて思っていません」

俯いて、こぼれおちる涙を手で拭いながら聡太ははっきりと言った。

「最後まで抵抗して、やめてくれって言い続けていたのは、なんだったんだ」

「あんなかたちで抱、抱かれる…のが、嫌だったんです。だってあのとき、竹内さん、すごく怒っていたじゃないですか」

「あれは……」

濡れて蕩けた直腸にローターを入れられているのを目の当たりにして、頭に血が上ったのだ。

「おまえの体を好き勝手に、デリヘル用に仕込んだやつに腹が立っただけだ」

「そんな人はいません。あのときに、俺は何度も言いました」

泣き濡れた眼で、聡太は竹内を睨み上げてきた。透明で真《ま》っ直《す》ぐなまなざしに嘘は見つけられない。

竹内は聡太を怖がらせないようにおそるおそる立ち上がり、そばに歩み寄った。そっと目の前に膝をつき、目線を合わせる。

「それは、本当か」

「あれは自分でやったんです。薬が入っているという潤滑剤を渡されて、したくをしておけと言われて……。だから、あんなことをされたのは、竹内さんがはじめてです。ほかの誰にも、されていません。信じてください」

「聡太……」

流れ続ける涙を、竹内はそっと指で拭いた。頬に触れても、聡太は嫌がらない。

「ここに来てから、俺はあなたに怯えていたわけじゃなくて……どきどきしていたんです。あんなことがあって、もう二度と会えないと思っていたのに、こうして一緒に暮らせるなんて。緊張して、自分でもどうしていいかわからなくて……」

「聡太」

「あなたが、あの竹内泰史選手だとわかって、自分の目に狂いはないって、すごく嬉しかった……」

「聡太、もういい。わかった」

ちいさな顔を両手ですくうようにして、濡れた頬を優しく撫でる。ゆっくりと唇を寄せて、重ねた。怖がらせないように、触れるだけですぐ離れる。聡太は目を丸くしているが、抵抗はしない。

もう絶対に、聡太は手に入らないと思っていた。こんな幸運が、あっていいのだろうか――。

「すまない。俺は馬鹿だな」

「竹内さん……？」

「俺も、ずっと、おまえと同じ気持ちだった」

「嘘……」

「本当だ。だから、嫉妬にかられてあんなことをしてしまった。悪かった」

聡太はくしゃっと顔を歪め、新たな涙をぽろりとこぼす。

「竹内さんが、俺を……？」

「そうだ。はじめて会ったときから、気になってしかたがなかった。俺以外の構成員を店に行かせることもできたのに、聡太には俺が関わりたかった。苅田に言われたよ。どうやら俺は一目惚れというものをしでかしていたらしい」

「嘘だ。そんなの」

　涙をこぼしながら、聡太は竹内の言葉を否定する。だが嘘だと繰り返しつつも、聡太の手は竹内に向けて伸ばされた。救いを求めるように差し出された手を、竹内は握りしめた。細くて頼りない手が愛しい。

「嘘でしょ……一目惚れなんて……」

「そのときは意識していなかったが、いま思えばそんな感じだった」

「だって、俺の顔、若頭に似ているじゃないですか。よく見ればぜんぜん似ていないけど、パッと見は似ている。あの人のことが一番大切なんでしょう？　だから俺に親切にしてくれたんでしょう？　俺を拒みきれないからって、そんな嘘はつかないでください……っ」

　ぼろぼろとこぼれてくる涙を、どうやって止めればいいのかわからない。そんなに泣いたら目が溶けてしまう。

「聡太、若頭をどこかで見たのか？」

「……写真……苅田さんが……見せてくれて……」

　ひっく、と聡太がしゃくり上げる。目を真っ赤にして、洟をすする聡太が、かわいくてならなかった。

「あんなにきれいな人だとは思わなくて……すごくびっくりして……。竹内さんが俺に親切にしてくれるのは、あの人にほんのすこし似ているからだって、わかりました。それでも、俺は馬鹿だから、竹内さんが好きで、ここにずっといたくて……」

「ここにいろ。ずっと、気が済むまでいてくれていい」

「でも竹内さんにはあの人が……」

「若頭は俺の上司だ。それだけだ。たしかに大切な人ではあるが、聡太とは意味がちがう。俺は、聡太をかわいがりたい。でもどうしていいかわからなくて、嫌われたら悲しすぎると思って、避けていた。悩ませていたとしたら、すまない。俺が臆病で馬鹿だった」

こんなふうに必死で口説くのは生まれてはじめてだ。だが恥ずかしがっている場合ではない。いまここで失敗したら、聡太を永遠に失ってしまうかもしれないのだ。

「聡太、信じてほしい。俺には、おまえだけだ。頑張って働く姿に惚れた。健気で、かわいくて、支えてやりたいと思った。こうしたいと、望んでいた」

もう一度、キスをする。今度は深く。舌で歯列を割るようにすると、聡太の舌がおずおずと絡んできた。つたないキスが、竹内の男の部分を熱くする。

「ここにいろ。ずっとここにいていい。俺も、おまえを手放したくない」

「ほ、本当に……?」

「本当だ。信じてくれ」

「竹内さんっ」

聡太がしがみついてきた。その体を、もう離すまいと竹内はきつく抱きしめる。くちづけは、さらに深く、激しくなっていった。

竹内が帰ってくる前に風呂を済ませておいてよかったと、聡太はベッドに押し倒されながら思った。激しい愛撫にもみくちゃにされて、自分がいまどんな格好をさせられているのか、どんな声をあげているのか、よくわからない。

「あっ、あ、やぁっ」

霞《かす》む視界の中で、白くて細長いものが揺れていた。自分の足だと気づいたが、付け根を竹内に押さえられていて下ろすことはできない。

下腹部で竹内の頭が蠢《うごめ》いている。その髪に指を埋《うず》めて、聡太は生まれてはじめての快感に悲鳴をあげた。こんなこと、ホテルではされなかった。大好きな人に性器をくわえられ、後ろを指で弄《いじ》られるなんて。

「あ、いや、もうっ、も……っ」

後ろに入っている指が、二本に増やされる。聡太のそこは竹内の指を柔軟に受け入れ、誘うようにうごめいていた。

恥ずかしくてたまらない。快感のあまり、はしたなくも腰が揺れてしまいそうで、それがいっそう恥ずかしい。今夜は媚《び》薬《やく》入りの潤滑剤もないのに、そこを愛撫《あいぶ》されて最初から気持ちがよかった。やはり聡太の体は、あの晩につくり変えられていたのだ。竹内の手によって。

「ああ、ああ、も、もう、だめ、だめ……だからぁっ」

二本の指が粘膜を擦《こす》りながら出入りしている。その動きと連動するように性器を舐めしゃぶられて、聡太は泣いた。もういってしまいそうだ。このままだと竹内の口の中に出してしまう。

「お願、も、やめ……」

怒涛《どとう》のような愛撫から逃れようとしても、手足に力が入らない。弱々しくもがいたが、竹内がさらにがっちりと押さえこんでくるだけだった。感じやすい性器の先端部分をしつこく舌で舐められて、そのたびに腰がびくびくと跳ねる。その拍子に体内に埋められた指をきゅっと締めつけてしまい、また感じた。弾けたい、もう限界だと、欲望が下腹部で渦巻き、さっきから性器が痛いほどに張りつめている。指先が、粘膜のどこかをぐっと押した。

「あー………っ！」

耐えきれなくて、聡太は達してしまった。凄まじい快感と解放感に、頭が真っ白になる。最後の一滴まで竹内に吸い取られて、薄い胸を喘《あえ》がせながら茫然と寝室の天井を見上げた。ぬるりと後ろから指が抜けていく。ひくんと尻を震わせるだけで、聡太は四肢を投げ出したまま動けなかった。

「聡太、大丈夫か？」

竹内が上から顔を見下ろしてくる。目が合って、聡太は我に返った。くわえられたまま出してしまったのだ。竹内の口腔《こうこう》に……。出したものはどうしたのだろう。きちんと吐き出してくれただろうか。

「ごめ、なさ……。我慢、できなくて……出ちゃっ……」

「俺がやりたくてやったんだ。気持ちよかったんなら、いい」

竹内はニッと笑って、聡太を抱きしめてくれる。まだ呼吸が整わない聡太の背中を、大きな手で撫でてくれた。聡太もおずおずと竹内の背中に腕を回す。二人とも裸だ。竹内の体はうっすらと汗ばんでおり、胸に頬を寄せると力強い鼓動が響いてくる。

ふと、脇腹に当たる熱くて固いものに気づいた。これは竹内の屹立だろうか――。たぶん、そうだ。すごく大きいように感じるのは、気のせいじゃない。こんなものが一度でも自分に入ったなんて、信じられなかった。

でも、こんなに熱くなっているということは、自分を欲してくれているということだろう。聡太は勇気を出して手を伸ばしてみる。やけどしそうなほど熱いそれに触れると、竹内がびっくりした顔になった。

「あの、俺も口でしたほうがいいですか？」

「いや、その……」

「あ、でも、俺の口に入るかな」

口を開けてみる。いっぱいに開けば、なんとかくわえられるだろうか。無理そうなら、舐めるだけでも。デリヘルの寮で教えられたことが、いま役立ちそうだ。聡太は竹内に舐めてもらってとても気持ちがよかったから、お返しがしたかった。

竹内の下腹部に顔を向けようとしたら、「待て」と止められてしまう。

「しなくていい」

「どうしてですか？　俺はやっちゃダメですか？」

「いや、そういうわけじゃなく――」

竹内はなにかためらうように視線を泳がせている。そうしているうちにも、聡太の手の中でそれは先端を濡らしはじめた。このままでは辛いだろう。聡太はごそごそと這うようにして竹内の股間に顔を近づけていく。こんどは制止されなかった。

間近で見ると、とても立派なサイズで男らしく、格好よかった。気持ち悪いとは思わない。むしろこれが竹内のものだと思うと、胸がどきどきした。

幹の部分を摑み、そっと先端に舌を這わせてみる。ぴくんと反応するのがかわいい。大きな亀頭をぺろぺろと舐めてみた。

「うっ……」

竹内がかすかに呻くのが聞こえた。感じてくれたらうれしい。口を開いて喉まで迎えようとしたとき、「聡太、もういい」と無理やり股間から引き剝がされてしまった。まだたいしたことはしていないのに。

「竹内さんは、されるの、好きじゃないんですか？」

「いや、好きだ。嫌いな男はいないだろ。だが、今夜はそれよりも――」

それよりも、なんだろう？

「おまえに入れたい」

言えなくてためらっていたのは、きっとこの一言だ。もう一度抱きしめられて、汗が滲む額にキスをされる。こめかみにも、とても優しいキスが落ちてきた。

「聡太、おまえとひとつになりたい。いいか？」

好きな人に求められたら、嬉しいだけだ。竹内のサイズを考えると怯《ひる》みそうになるが、一度はできたのだからきっとできる。

「俺も、ひとつになりたいです……」

「ありがとう」

お礼なんて言わなくていい。聡太もしたいのだ。

すべてを委ねる意味で竹内に縋りついた。意図は正確に伝わっただろう。さっき指を受け入れてまだ緩んでいる場所に、竹内の指があらためて挿入された。また一本から。じっくりと出し入れされて、慎重に指が増やされる。二本の指が出し入れされ、ときにはぐるりと粘膜をかき回した。中に刺激されると気持ちのいい箇所があり、指がかすめると尻が勝手にびくんと跳ねる。

「あうっ、んっ」

「痛くないか？」

「ん、大丈夫……です……っ」

痛いどころか、聡太はふたたび勃起している。乳首を吸われながら出し入れされたときは、達してしまいそうになった。男にとって飾りでしかないと思っていた乳首が、こんなに感じる器官だなんて知らなかった。聡太があんあんと悶えるものだから、竹内は調子に乗って乳首が真っ赤に腫れあがるまで弄ってくれた。

「ああ、ああ、ああっ、もう、もう……入れて………っ」

そう訴えると、竹内は「ダメだ」と首を振った。

「おまえを傷つけたくない。もっとよく慣らさないと」

真剣な顔の竹内にキスで宥められる。

「あぅ、あ、んっ」

「この間は、薬で柔らかくなっていたんだな。俺はてっきり、ここに、男を受け入れることを教えられて、あんなふうに変えられたのかと思っていた」

「ちがう、ちがうからっ」

「わかってる。おまえがぜんぜん慣れていないことは、もうわかった」

「あっ……んっ、んんっ」

聡太は竹内の肩にしがみついた。つい爪を立ててしまい、慌てて手を離す。竹内が優しく笑った。

「いいから、好きなだけ爪を立てろ」

「でも……」

「痛くない。おまえにつけられたものなら、たとえ爪跡でも愛しい」

耳に直接吹き込むように囁《ささや》かれ、聡太は体の芯から蕩けていく。幸せで、どうにかなってしまいそうだ。指がさらに増やされて三本になったが、痛みはなかった。きっと心が竹内を受け入れたいと思っているからだろう。

「いいか？」

さすがに竹内も限界なのか、掠《かす》れた声で聞いてきた。聡太はちいさく頷き、脚を開く。

「前から……お願い、できますか……？」

「後ろからの方が辛くないと思うが」

「このあいだ、顔が見えなくて、悲しかった……」

ホテルで抱かれたとき、うつ伏せにされて背中を押さえつけられ、挿入された。竹内の顔が見えなくて、なにを考えているかわからなくて、心が引き裂かれそうに悲しく、そして怖かったのだ。

「そうか、わかった」

向きあうかたちで抱かれると、聡太もすべてを見られてしまうことになる。恥ずかしかったが、竹内の顔を見たいという望みの方が強かった。

十分に解《ほぐ》されたそこに、竹内の先端があてがわれる。やがて竹内がゆっくりと入ってきた。

「あ…………………ぁ」

きつい。二度目だが、やはり竹内は大きい。

「大丈夫か？　辛いなら……」

「やめないで」

聡太を気遣って腰を引きそうになった竹内に、必死の思いで縋りつく。こんな中途半端な状態でやめられたら、地の果てまでも落ちこんでしまうだろうし、竹内に申し訳ない。聡太に欲情してくれている竹内のそれが、嬉しくてたまらないのだ。硬く充実した性器は、愛の証《あかし》だと思った。

「聡太、おまえは、かわいいな……」

この年になって容姿を褒められても嬉しくなどなかった。だけど竹内にかわいいと言われて、泣きたくなるほど胸が震える。

「一生懸命で、かわいい。愛しいよ」

「あ、あ、あ、あ…んっ」

愛の囁きに余分な力が抜けたのか、ふっとそこが熱く濡れたような気がした。その隙に、剛直が一気に奥まで捻じりこまれる。

「あぁぁっ」

引き裂かれるような痛みと熱に、涙がどっと溢れた。一度目とはぜんぜんちがう。あのとき、どれほど薬で感覚が麻痺《まひ》していたのか、思い知った。

竹内は何度も名前を呼びながら背中を撫でてくれる。

「聡太、大丈夫か？　すまない、我慢できそうにない」

ゆるゆると腰を動かされ、あまりの圧迫感に、無意識のうちにずり上がって逃げようとしてしまう。

それでも、痛みの中にたしかに快感があった。あのどうしようもなく感じてしまう箇所を擦《こす》られると、萎えかけていた性器が勃ちあがってくる。

それを怖いと思ってしまった。性器を愛撫されて感じるのは、男なのだから当然だ。けれど、通常は排泄《はいせつ》器官でしかないところでこれほどの官能に浸るのは、いけないことなのではないか。いま、聡太は繋がっているところだけで感じて、性器を張りつめさせている。ホテルで抱かれたときも、聡太は激しい官能に溺れた。粘膜に塗りこんだ薬のせいだとわかっていても、それを竹内に詰《なじ》られた悲しみは覚えている。

「あっあっあっ、あっ、いや、ちが……」

「聡太、感じるのか？　ここか？」

「ああっ、あーっ、あーっ、いや、やだ、ちがうから、こんなの、ちがうからっ」

感じてはいけないとこらえようとすればするほど、竹内は執拗《しつよう》にそこを突いてくる。いまにも破裂してしまいそうな性器を自分で握りこみ、聡太は激しく喘いだ。

「聡太？　どうしたんだ、痛いのか？」

「ちが……、こんな……、感じて……ごめんなさいっ」

「聡太……」

動きを止めて、竹内が優しく頬を撫でてくれる。ぐすっと洟をすすりながら見上げると、悲しそうな表情が見えた。

「竹内さ……？」

「聡太、ホテルでの暴言は忘れてくれ。あれは、おまえを傷つけようとして、わざと口走ったことばかりだ。すまなかった。感じてくれればいいんだ。痛い目にあわせるよりずっと、俺は嬉しい」

「……ホント？」

「俺はおまえに嘘は言わない。素直に感じて、かわいく喘いでくれ。そうすれば、俺もすごく感じる。わかったか？」

聡太はこくりと頷き、キスを受けた。ゆっくりと焦《じ》らすように引きぬかれ、力強く奥を突かれる。残っていた痛みがなくなっていく。感じるところを小刻みに擦《こす》られれば、聡太は身も世もなく悶《もだ》えて声をあげた。

「ああ、ああ、いい、竹内さ、ああ、あんっ」

「聡太、いいか？　くっ……う…」

竹内が歯を食いしばって責め苦に耐えるような表情を見せてくれる。聡太の体で感じてくれているのだ。これ以上の幸福があるだろうか。

「竹内さぁ……ん、好き、好き」

「聡太っ」

ぎゅっと痛いくらいに抱きしめられた。くちづけられて、激しく舌を絡めあう。口腔がこんなにも感じる場所だとは知らなかった。自分の体のことなのに、知らないことがたくさんある。全部、竹内に教えてもらいたかった。

「んっ、ん、ん、ん」

上顎を舐められて下腹部がびくびくと震えた。体内の竹内がさらにぐっと大きくなったように感じて、聡太は息をつめる。

「くそっ」

竹内は聡太の腰を摑むと、いままでにない激しさで動きはじめた。容赦なく責められて一気に官能が高まる。先走りで濡れ、すでに達しそうになっていた聡太の性器に、竹内が触れてきた。

「あ、やっ、いっちゃ、いっちゃうっ」

裏側をぐっと擦られた瞬間、聡太は全身を痙攣《けいれん》させて白濁を吹き上げていた。そのあいだも竹内に揺さぶられ続け、萎える暇もなく、立て続けに二度目の絶頂へと駆け上がる。

「あーっ、あーっ、あぅっ、も、いやぁ、いやぁ…っ」

「聡太、聡太っ」

最奥に熱いものが叩きつけられた。竹内が呻きながら達している。いってくれているのだと思うだけで、聡太は二度目の絶頂を味わっていた。

竹内がどっと覆いかぶさってくる。荒い息を継ぎながらしっとりとキスをして、二人同時に間近で微笑んだ。そして、呼吸が整うまで頬と頬を擦りあわせ、吐息だけを交換しあった。

「聡太……」

愛してる——囁かれた愛の言葉は、静かに聡太の胸に染みていった。

結局、聡太は竹内のマンションに住み続けることになった。苅田は特に驚くことはなく、「そうなると思った」と笑っただけだ。

竹内は気まぐれに、早朝や休日にランニングをすることがあったが、そこに聡太が加わるようになった。もちろん激しく愛しあった翌朝などは、聡太はどうしても留守番になってしまう。

「俺は無理に働きにいかなくてもいいと思うが、おまえは嫌なんだろう」

年明けから、リストの中で聡太自身が選んだ職場に、働きに出ることになった。

「竹内さんに養ってもらおうとは思っていません」

聡太はきっぱりと言い、給料の中からいくらか食費と光熱費を出すと宣言した。小柄でか弱く見えても、やはりそこは男なのだろう。初日に竹内がついていくかどうかで、聡太と意見は合っていない。

「竹内さんがついてきたら、関係者ですって言っているようなものだと思うけど」

それはそうだ。だが心配だ。竹内は正月中、悩むことになりそうだった。

そしてもうひとつ——。

朝、そろそろ出かけようとしたくをして、照れながら聡太に「いってきます」のキスをしていると、インターホンが鳴った。

こんな時間に事前の連絡もなく訪ねてくる人間など、苅田くらいしか思い浮かばない。だがパネルの液晶に映し出されているのは、夏樹だった。いまから夏樹を欣二のマンションまで迎えにいこうとしていたところなのに。

慌てて玄関を開けると、澄ました顔で夏樹が立っている。きちんとスーツを着て、いつでも仕事に行ける格好だ。

「お、おはようございます。どうしたんですか？」

訪問の真意を問いただそうとしたが、夏樹は竹内を押しのけて強引に入ってきた。

「ちょっ、若頭っ？」

「おまえ、俺に隠していることがあるだろう。いつ会わせてくれるかと待っていたが、なかなか話を切り出さないから、待ちきれなくて来た」

ぎくっと竹内はあからさまに顔色を変えてしまった。いきなりの訪問で平常心を失っていたせいだ。

「俺のそっくりさんを毎晩かわいがっているそうじゃないか」

「だ、だれに聞いたんですか」

「欣二に決まっている」

その欣二は苅田に聞いたのだろう。夏樹にだけは知られたくなかった。そのうち打ち明けるにしても、心の準備をする時間が欲しかったのだが。

「会わせろ。いるんだろ？」

「あ、若頭っ」

竹内の制止など聞く夏樹ではない。ずかずかと上がりこみ、リビングに入っていく。そこには目を丸くして棒立ちになっている聡太がいた。

夏樹は聡太の前に立ち、頭のてっぺんからつま先まで、じろじろと眺め回した。その光景を傍から見ていて、竹内は自分が正しいことを再認識した。

似ていない。目鼻立ちがすこし似通っているところはあるが、こうして並ぶと、個性がまったくちがっていることがわかる。竹内が愛しているのは、まちがいなく聡太、ただ一人だ。

「ふーん……」

面白くなさそうに夏樹は口を尖《とが》らせる。

「そっくりさんって言うほどには、似ていないじゃないか」

なんだ、つまらん、と夏樹は肩をすくめ、来たとき同様、唐突に玄関に向かう。

「若頭？　あの、お茶でも入れましょうか」

「いらん。もう用事は済んだ」

「ここまでどうやって来たんですか」

「タクシー」

「一緒に出ます。待ってください」

竹内は焦って追いかける。聡太を振り返り、手を振るのは忘れない。

のちに、その様子を夏樹に見られていて、数日にわたってからかわれたことは、気にするだろうから聡太には内緒にした竹内だった。

ひそやかに愛を紡ぐ

「本当に、大丈夫なのか？」

「はい、大丈夫です」

きっぱりと元気よく返事をしたのに、竹内《たけうち》は短くため息をついた。聡太《そうた》がいくら元気になったと主張しても、まだ全面的に信じてはもらえないらしい。

たしかに、あの事件から一カ月ほどしかたっていない。竹内のマンションに匿《かくま》われた最初の一週間は、夜になるとうなされて眠れなかったり、食事をしても吐いてしまったりして、自分でもすこし不安定だったと思う。

だがその後、家事をすこしずつこなせるようになってきたあたりから、睡眠が取れるようになり、きちんと三度の食事もとれ、外に出たいという意欲が湧いてくるようになった。世間ではいつの間にかクリスマスが過ぎ、正月の賑《にぎ》やかさも終わっていた。

一時は減っていた体重も戻り、一カ月たったいまでは、もうすっかり元気になったと思う。

もともと貧乏性で、祖母に「働くことは美徳」と教えられて育った。竹内のために家事をするのは喜びだが、それだけではやはり物足りない。働きたかった。

落ち着いたら聡太が働けるようにと、竹内は瀧川《たきがわ》組の息がかかった職場をいくつかピックアップしてくれていたので、その中から「レストラン・ヒロセ」という飲食店を選んだ。そこは来々軒《らいらいけん》のような安さが売りの大衆食堂ではなく若干高級なレストランだが、リストにあったほかの事務仕事よりもずっと自分に合っていると思うのだ。瀧川組の現組長がオーナーシェフの広瀬《ひろせ》と懇意で、独立して店を構えるときに多額の出資をしたという繋《つな》がりだそうだ。聡太の事情を理解して受け入れを了承してくれた。

「無理に働かなくてもいいんだぞ」

もう店で面接を済ませてきたのに、竹内は聡太に何度も確認してくる。心配してくれているのはわかるが、聡太は深窓の令嬢ではない。腫れものに触るように大切にされすぎると、逆に居心地が悪かった。あの出来事をいつまでも引きずっている軟弱な男だと思われたくないという、聡太なりのプライドもあった。

だがそんなことを竹内に言えない。働きたいという気持ちをどう説明していいのかわからなくて、聡太は無言で俯《うつむ》くしかなかった。

「……悪い。もう言わない」

聡太がだんだん気分を沈ませてしまったと察したか、竹内がため息をつきながら謝ってきた。

「ごめんなさい……」

「おまえが謝ることはない。とりあえずやってみろ。ただし、無理はしないと約束してくれ。仕事で疲れたらメシのしたくはしなくてもいいし、洗濯だって掃除だって多少サボっても死にはしない」

「でも……」

「なんだったらハウスキーパーサービスを復活させればいいんだ」

簡単に竹内はそう言ったが、聡太としては嫌だった。以前、竹内は家事のすべてを業者に頼んでいた。聡太が一緒に住むようになってから断ったのだ。竹内の身の回りのことは聡太がすべてしてあげたかったからだ。それと、二人で暮らす家に他人を入れたくなかった。

「おまえは大変な目にあったばかりなんだから」

「もう元気です。本当に大丈夫です」

頑《かたく》なに言い張る聡太を、竹内は優しく抱きしめてくれた。

「わかった」

「俺、頑張ります」

だから、ここにずっと置いてください——。

竹内に嫌われたら……ここを追い出されたら……きっと聡太はこんどこそ心が折れてしまうだろう。でも卑屈な言葉を口にすると、竹内が嫌がるのはわかっていた。言葉にできない想いをこめて、聡太は竹内にしがみつく。

あたたかい。竹内の腕の中は、とてもあたたかかった。このぬくもりを失いたくない。竹内に必要だと思われたい。そのためには精一杯のことをしようと、聡太は決意していた。


仕事を終えてマンションに戻ってきた聡太は、疲れた体をリビングのソファに横たえた。まだ午後四時をすこし過ぎたところだ。竹内は当然、不在で、聡太はだらしなく寝転がる。

レストラン・ヒロセでの仕事をはじめてから一週間ほどがたった。内容は、皿洗いと掃除、それと野菜を洗うことだけだ。現在は試用期間中で、勤務態度を見てから長期雇用が決定する。決まったらフロアに出してもらえることになっていて、歩き方から練習しなければいけないと言われていた。

シフトは週五日、午前十時から、午後三時まで。ランチタイムのみの勤務だ。ほぼ立ちっぱなしで、終わったあとでまかないの昼食を出してもらえる。

まかないはとても美味《おい》しいのだが、聡太は一人前を食べ切れたことがなかった。残すのは申し訳がないので、聡太の分は最初から少なめにしてほしいと広瀬に頼んだら、「女の子よりも小食なんだな」と苦笑いされてしまった。

店には広瀬以外で、店長と調理師のほかに正規従業員が二人、フロア担当のアルバイトが二人いた。ディナータイムになるとアルバイトの人数がもっと増えるらしい。

レストラン・ヒロセが瀧川組と懇意にしていると知っているのは、店長をはじめ正規従業員たちだけだ。彼らは聡太がだれの紹介でこの店に来たのか知らされているようで、優しくしてくれるが親しくはしてくれなかった。聡太の方も、竹内の顔を潰すわけにはいかないと気を張っているせいで、だれも寄せつけない空気を発しているのかもしれない。

勇次《ゆうじ》が懐かしい。人見知りをする聡太を、勇次はまったく気にすることなく距離を縮めてきた。親戚の家を出て孤独感に押し潰されそうだった聡太にとって、勇次の厚かましさはありがたかった。

いま勇次とは携帯電話で繋がっていて、ときどきメールが届く。内容は日常の他愛もないことが多く、勇次があいかわらず来々軒で働いていることがわかる。メールが来たら返信するのが常識らしいのだが、返事を書くのは得意ではなかった。十分も二十分もかかって、短い文章を返すのがやっとだ。それでも勇次は聡太が無事で、平穏に過ごしていることがわかるからいいと言う。携帯電話というものがとても便利だと、十九歳の若者にしてはいまさらなことを、聡太はつくづく思い知っているところだ。

来々軒にいたころは携帯電話を持っていなかった。最新の機種を、竹内に買ってもらった。なにかあったらすぐに竹内に連絡が取れる状態でいられるのは心強い。使い方は竹内がつきっきりで教えてくれた。

竹内は優しい。とても大切にしてくれる。好きという気持ちが、日に日に高まっていくようで、そんな自分に戸惑いも覚える。

彼のためにも、いまは立ち上がって家事をしないといけない。

「お米、とがないと……」

炊飯器にセットして、おかずの下ごしらえをして、それから洗濯をしたい。ベッドのシーツを三日も取り換えていないのだ。それから、竹内のスーツをクリーニングに出しにいきたい。それから、それから——。

起き上がってキッチンに行きたいのに、体が鉛のように重かった。自分で思っていた以上に疲れが溜《た》まっている。来々軒にいたときは、いまよりもっと長時間の労働をしていた。一日が終わるとへとへとになっていたが、それでもこれほどの倦怠感《けんたいかん》はなかった。

やはり竹内が心配していたように、聡太の体は元に戻っていないのだ。それほどに、あの一週間のダメージは大きかったということか。

だが、はじめたばかりの仕事を辞めるわけにはいかない。家事をサボるわけにもいかない。帰宅した竹内がすぐに食事できるようにすべて準備しておきたいし、衣類やシーツは常に清潔を保っておきたい。居心地のいい家をつくりたいのだ。

竹内に、聡太がいてくれてよかったと思ってもらいたいから。

でも、体がソファに吸いつくように沈んでいて、どうにも起き上がれない。壁にかかっている時計を見た。竹内が帰ってくるまで、まだずいぶん時間がある。休み休み家事をやっているとあっという間に時間が足らなくなるが、すこし休憩してからなら体力が回復して捗《はかど》るかもしれない。

三十分だけ、昼寝しよう。

いまごろ働いているだろう竹内のことを思うと、申し訳ない気持ちがこみあげてくる。ごめんなさいと心の中で繰り返してから、聡太はそっと目を閉じた。


目が覚めたとき、聡太は自分がなにをどうしたのかしばらく思い出せないでいた。服のままベッドで寝ている。聡太に与えられた部屋のシングルベッドの上だった。

竹内とそういう関係になってから、このベッドは使っていない。竹内の寝室で、大きなダブルベッドに二人で寝るのが習慣になっていた。

「……あれ……？」

どうしてここで寝ていたんだろう——。

「あっ……」

ベッドから下りようとして思い出した。仕事から帰ってきてから、疲れてリビングのソファで寝てしまったのだ。慌ててデスクの上に置かれた目覚まし時計を見てみると、七時を指している。窓を覆うカーテンの隙間から漏れているのは、太陽の光だ。

「うそ……朝の七時？」

聡太は愕然《がくぜん》とした。とんでもなく長い時間、眠ってしまっていたことになる。

急いで部屋を出ると、リビングにはだれもいなかった。まだ竹内が起きる時刻ではない。彼の寝室のドアをそっと開けると、ダブルベッドに竹内が寝ていた。

昨夜、竹内は何時に帰宅したのだろうか。気づかずにずっと眠っていたなんて、とんでもない失態だ。きっと彼が聡太をベッドに移動させてくれたのだろう。

キッチンに行ってみると、使ったと思われるご飯茶わんと箸がシンクに置いてあった。冷凍してあったご飯を温めて食べたのだろう。せめて炊飯器をセットしてから寝ればよかった。いや、最初から寝てはダメだったのだ。やるべきことをすべてやり終えてからでなければ、休息など取ってはいけない。申し訳ない気持ちでいっぱいになった。

せめて朝食はきちんと作ろうと、米をといで炊飯器をセットする。炊けるまでのあいだにシャワーを浴びようとバスルームへ行った。

サニタリーに置かれている洗濯機の中に、乾燥まで終わった衣類が入っていた。洗濯まで竹内にやらせてしまったのかと、がっくりと落ちこんだ。頭から熱いシャワーを浴びながら、二度とこんな失敗をしてはダメだと自分自身に言い聞かせる。

さっぱりして服を着替えて、あらためてキッチンに立った。竹内の起床時間は九時頃だ。夏樹を迎えにいくのが十時。聡太も十時から仕事なので、九時半にはここを出なければならない。出る前に、竹内に謝ろう。朝食のしたくをしながら、聡太はずっと反省ばかりしていた。

竹内を起こす前に、聡太は自分の朝食を手早く済ませてしまう。身じたくを整えてから竹内に声をかけた。

「竹内さん、おはようございます。朝です」

もぞもぞと布団の中で動いたあと、竹内がのっそりと上体を起こす。ひとつ欠伸《あくび》をして、顔をしかめながら聡太を見てきた。機嫌が悪いわけではない。寝起きの竹内はいつもこんな感じだ。

「……………おはよう……」

「おはようございます。あの、昨夜はすみませんでした。なにもせずに寝てしまって……」

ぺこりと頭を下げる。「ああ、ゆうべ……」と竹内が呟《つぶや》いた。

「疲れていたんだろ。これからはちゃんと布団で寝ろよ。あんなところでなにも掛けずに寝たら風邪をひく」

「……はい。すみません……」

ちいさくなって謝罪を繰り返す聡太に、竹内が苦笑した。

「別に怒っているわけじゃない。心配しているだけだ」

立ち上がり、聡太の横を通り過ぎざまに肩をぽんと叩《たた》かれる。おおきな手のぬくもりが、心に染みるようだ。

「あの、朝ご飯の用意がしてあります。食べてください。俺はもうすこししたら出かけますから」

「ああ、ありがとう」

寝巻きがわりのTシャツを脱ぎ捨てた竹内の上半身が目に飛びこんできて、聡太はうろたえた。裸はもう何度も見たというのに、聡太はなかなか慣れない。まだドキドキしてしまう。クローゼットからワイシャツを取り出している竹内を横目に、聡太は寝室を出た。

味噌汁《みそしる》をお椀によそいながらも、逞《たくま》しい竹内の体が頭から離れない。あの胸に縋《すが》りついて喘《あえ》がされたことがあるなんて、信じられないくらいだ。ふと、手を止めた。

「………あれ……？」

そういえば、ここ数日、セックスをしていない。いつからしていないのだろう。もしかして、聡太が仕事をはじめてからしていない……？

そうだ、していない。ベッドに入るや否や、疲れのせいで毎晩一瞬で眠りに落ちていたから。

一週間――。普通、一緒に暮らしている恋人たちは、どのくらいの頻度で抱きあうものなのだろうか。聡太が働きに出る前までは、二日か三日に一度はしていた。これが多いのかすくないのか、竹内以外に経験がない聡太にはわからない。

かといって、竹内に正面から問いただすことなどできそうになかった。

ダイニングテーブルの横でぼうっと突っ立っていたら、ネクタイを締めながら寝室から出てきた竹内に、「もうそろそろ時間なんじゃないのか?」と指摘されてしまった。聡太は慌てて携帯電話と財布が入っているショルダーバッグを摑《つか》み、玄関へと向かう。

「いってきます」

「おう、いってこい」

マンションを飛び出した聡太は、意識的に気持ちを仕事モードに切り替えた。気力体力ともにまだ戻っていないことを自覚して気を引き締めなければ、職場でとんでもない失敗をしでかすかもしれない。そうなったら竹内に申し訳ない。

とりあえず、仕事をしよう。そして、今夜はきちんと夕食のしたくをしよう。洗濯もしよう。掃除もしよう。聡太はそう心に決めたのだが――。

その日、またしてもソファで寝てしまい、竹内にベッドまで運ばれるという事態になってしまった。目が覚めたのは朝ではなく、かろうじて日付が変わる前だった。すでに竹内は簡単に食事を済ませてしまっていて、風呂のしたくも終わっていた。

「……本当に、すみませんでした」

テレビで深夜のニュースを見ていた竹内は、「なにも謝ることはない」と呆《あき》れたように返してくる。

「疲れたなら寝ていればいい。無理はするなと最初に言っただろう」

「でも……」

聡太の頭に、竹内のおおきな手が乗った。よしよし、といった感じで撫《な》でられる。

「仕事、頑張《がんば》っているみたいだな。店長から聞いた。真面目に働いてくれているから、できたら長く勤めてほしいそうだ」

沈んでいた気分が一気に浮上した。頑張りが認めてもらえたのだ。よかった。笑顔になった聡太に、竹内もふっと笑みを見せてくれる。

「おまえは本当に働き者だな」

おおきな手がくしゃっと聡太の髪をかきまぜ、離れていった。

「風呂に入ってこい」

「……竹内さんは？」

「俺はもう済ませた」

たしかに竹内はすでに部屋着になっている。スーツ姿の竹内を「おかえりなさい」と出迎えるのが聡太の喜びだったのに、二日連続で逃してしまった。

「じゃあ、入ってきます……」

明日はシフトに入っていない日だ。明日こそはきっちりと家事をやりたい。やらなければダメだ。

聡太は自分が悲愴《ひそう》な顔つきになっていることに気づいていなかった。そんな自分を、竹内が気遣わしげに見ていることにも、やはり気づいてはいなかった——。


玄関ドアが開く音で、聡太はハッと目を開いた。ソファから飛び起き、寝乱れている髪を慌てて手《て》櫛《ぐし》で整える。うっかり居眠りしてしまっていた。幸いなことに今夜は家事をすべて終えている。

「ただいま」

「おかえりなさい」

リビングのドアを開けて入ってくる竹内を笑顔で出迎えた。時刻はもうすぐ零時というところだ。

竹内はいつものようにすこし夜の空気をまとっている。ときどき荒《すさ》んだ雰囲気の残滓《ざんし》を感じることもあるが、聡太は竹内の仕事内容に関してはいっさい関知しないと決めていた。

「ご飯はどうしますか?」

「なにか軽く食べる」

「わかりました」

聡太はキッチンへ行き、竹内の世話ができる喜びを噛《か》みしめながら、用意しておいたものをダイニングテーブルに出した。寝室でスーツを脱ぎ、部屋着に替えてきた竹内は、テーブルの上に並べられた皿を眺め、ついで聡太の顔を見つめてきた。

「なんですか？」

竹内の嫌いなものを出してしまっただろうか。

「……体調はどうだ？」

「俺の体調ですか？　普通です」

絶好調だなどと答えたら即座に「嘘だ」と否定されそうだったので、聡太は「普通」と口にした。

「どうしてそんなこと聞くんですか」

「目の下にクマができている」

「えっ……」

思わず指先で目の下あたりに触れた。帰宅してから鏡を見ていない。クマができているなんて知らなかった。そんなに疲れているという自覚はない。体が重く感じるのは、もう日常になってしまっていたからだ。

竹内はダイニングテーブルにつきながら、ひとつ息をついた。

「もう遅いから、寝ろ」

「……でも……」

竹内の晩酌に付き合うのが、聡太にとっては貴重な時間なのだ。まだ十九歳なので飲めないが、そばに座って今日あったことなどをぽつぽつと話すのが好きだった。仕事をはじめてから生活リズムがずれていて、朝はほとんど交流が持てていない。夜のこの一時を楽しみにしているのに――。

「使った皿は洗っておくし、あとは適当にやるからいい。おまえはもう寝ろ」

口調に苛立《いらだ》ちが含まれている。クマを作った顔で目の前をうろうろしていては鬱陶《うっとう》しいのかもしれない。聡太は「わかりました……」と項垂《うなだ》れる。すでに風呂は済ませていたので、寝室へ行こうとした。

「待て。今夜は自分の部屋で寝ろ」

「えっ………」

「ひとりの方が絶対にゆっくり眠れる。寝ているところに俺がベッドを揺らしたら、目が覚めてしまうだろう」

たしかにそうなるかもしれない。でも聡太は竹内と一緒に眠りたかった。好きな人と寄り添いあって眠るしあわせは、なにものにもかえがたい。

自分の部屋に行くのをためらっていると、竹内が「聡太……」とため息まじりで名前を呼んだ。

「頼むから、ひとりで寝てくれ」

そんな言い方をされてしまっては、そのとおりにするしかない。聡太は視線を落とす。

「……わかりました……。おやすみなさい」

「ああ、おやすみ」

竹内がすっと背中を向ける。聡太はとぼとぼと自分の部屋に行った。シングルベッドに入り、体を横たえる。眠いはずなのに、なかなか睡魔は下りてこなかった。さっきソファでうたた寝してしまったせいだろうか。それとも竹内の言動がひっかかっているからだろうか。

一人で眠る寂しさに心を震わせながら、聡太はぎゅっと目を閉じた。


『帰りは遅くなる。夕食はいらない。先に寝ているように。自分の部屋でだぞ』

竹内からのメールを読んで、聡太はため息をついた。

『わかりました。お仕事、頑張ってください』

それだけ返信して携帯電話を置き、ソファに身を沈める。レストランでの仕事を終えたあと帰宅して、掃除と洗濯を済ませ、そろそろ食事のしたくに取りかかろうかなと思っていたところだった。

自分一人なら凝ったものを作る必要はない。一気にヤル気が失《う》せ、それと同時に一日の疲れがずしりと体を重くする。

じっと座っていると、空調の音しかしない。世界にたった一人きりで取り残されたような気がしてくる。ただでさえ広い部屋が、寒々とした空虚な空間に感じられて、聡太は寒くもないのにふるっと震えた。

ここに竹内がいてくれさえすれば、暖かな部屋になるのに——。

竹内の顔を見たい。本当は早く帰ってきてほしい。でもそんなことは言えない。竹内には竹内の仕事があり、世界がある。聡太にはわからない理《ことわり》というものもあるだろう。寂しいから帰ってきて、なんて口が裂けても言ってはいけない。彼の邪魔だけはしたくなかった。

ここのところ竹内は忙しくて、今夜のように連絡してくることが多い。帰宅は深夜二時、三時、起床は昼近くになることがたびたびで、聡太とは完全にすれ違いの生活になっていた。

レストランでの仕事をはじめてから二週間以上が経過している。職場の上品な空気にやっと慣れてきて、先輩従業員たちとも世間話くらいはできるようになって、緊張感が和らいできた。たぶん体力もかなり回復してきたのだろう、当初ほど疲れなくなってきて、帰ってきてからの家事がそんなに大変ではなくなっている。

だからこそ、竹内がいない寂しさが染みた。聡太は自分で自分を抱きしめてみる。竹内にきつく抱きしめてほしかった。蕩《とろ》けるようなキスもしてほしい。キスだけじゃなく、生まれたままの姿で抱きあいたい。もうずっと、してもらっていない。ひとつのベッドで眠ることも減った。

これが世に言う、セックスレスというものなのだろうか。

単に多忙すぎる竹内がその気にならなくて聡太を抱かないのならしかたがない。でも、もっとちがう理由があったらどうしよう。愛を囁《ささや》いてくれたのはひどい目にあった聡太に同情していただけで、やっぱりちがうと気がついて、もうしたくなくなったとしたら——。それとも、夏樹《なつき》と比べ、やっぱりちがうと気がついて——。

考え出すとそれが正しい答えのような気がして、怖くてたまらない。優しい竹内のことだから、ちがうと気がついても聡太を追い出すことなんてできないだろう。聡太をここに住まわせたまま、まだ二十代の竹内が、どこか別のところで聡太以外の人間で欲求を発散していたらどうしよう。聡太をもう抱きたくないと思っているとしたら。

想像しただけで悲しくて涙がこぼれそうになってくる。人肌のぬくもりと優しさと、激しいセックスの快楽を教えてくれたのは竹内だ。愛していると言ってくれたのも竹内がはじめてで、聡太自身、これほどまでに愛《いと》しさをかきたてられるのもはじめてなら、この人のためならなんだってしてあげたいとまで思える存在ができたのもはじめてだった。

いまや聡太の世界は竹内を中心に回っている。いまさら彼を失って、ひとりで生きていくことなんてできない。

ここが、竹内のいるところが、自分の家になったと思っていた。

祖母が亡くなってから、聡太はずっと自分の家というものを持っていなかった。親戚の家に身を寄せていたあいだも、来々軒の二階に勇次と二人で暮らしていたときも、そこは仮の住まいでしかなかった。

竹内と心が通じあって、恋人関係になって、やっと聡太には家ができたのだ。無機質な高層マンションの一室で、竹内自身がここに住んでから二年ほどしかたっていなくても、聡太にとってはかけがえのない心の拠《よ》り所だった。

抱いてもらえないことが、こんなに不安をかきたてるなんて知らなかった。すれ違いの生活だけれど、たまに顔を合わせれば竹内は体調を気遣う言葉をかけてくれるし、別のだれかの気配を感じさせることなんてまったくない。彼を失うかもしれない恐怖なんて、聡太のネガティブすぎる想像の産物だろう。わかっている。竹内は情に厚い男で、たった数週間で聡太を裏切るような人ではないことくらい、頭ではわかっているのだ。

それなのに、感情が暴走する。自分に自信がないからだ。美形でもなければ特に頭がいいわけでもない。竹内のためになにかできることといったら家事くらいで、業者に依頼すれば事足りるていどのことでしかない。自分に、竹内ほどの上等な男に愛されるほどの価値があるとは思えなかった。

できることはやっているつもりだ。精一杯、家事をやっているし、仕事も許された範囲内で頑張っている。これ以上、なにをすればいいだろうか。どうすれば、自信が持てるだろうか。

そして、どうすれば——竹内に抱いてもらえるだろうか。

さりげなく誘う方法なんて知らない。いつも竹内から手を伸ばしてくれていた。性的なことに疎《うと》くて、なにも知らないも同然の聡太がつまらなくなったのだろうか。

どうすればいいのだろう。

だれかに話を聞いてもらいたくとも、男同士のこんな事情をいったいだれに話せばいいのかわからない。勇次にはきっとわからないだろうし、あたらしい職場の先輩たちはもちろんダメだ。

「あ、一人いた……」

適任者の顔がふっと思い浮かんだ。

「……苅田《かりた》さんなら、相談してもいいかな……」

ここのところ会っていないが、すべての事情を知っていて男同士のセックスの悩みを話しても引かないような人物は苅田しかいない。携帯電話のアドレスに苅田の連絡先は登録してあるが、まだ一度も電話をかけたことがなかった。

時計を見ると、午後八時を回ったところだった。この時間帯が苅田にとって忙しいのかそうでないのか、聡太にはわからない。とりあえず着信履歴を残す目的で苅田の携帯電話にかけてみた。呼び出し音を五回鳴らして応答しなかったら切ると決める。だが三回目で苅田が出た。

『もしもし？　聡太か？』

「あ、こんばんは、苅田さんですよね？　聡太です」

『どうした、なにか問題でも起きたか？』

「いえ、そういうわけじゃないんですけど、ちょっとお話ししたいことがあって……」

『話したいこと？　なんだ？』

「竹内さんのことです」

『は？』

「えっと、その、俺……いろいろと聞きたいことが……」

『本人に聞けよ』

「それはできません」

『…………』

ついきっぱりと拒んだら、苅田は黙ってしまった。聡太のつぎの言葉を待っているのか、それとも竹内に関する話をしたくないのか、判断がつかない。

「あの……仕事は忙しいですか？　会うことは、できませんか？　ほんのすこしの時間でいいんですけど、どうしても相談したくて……」

話せるのは苅田しかいないのだが、だからといってストレートに男同士の恋人関係について、とは言えなかった。もごもごと言葉を濁すと、苅田が電話の向こうでため息をついたのがわかった。

『ちょっと待ってろ。このまま切るな』

苅田がぼそぼそとだれかと話をしている気配が伝わってきた。しばらく待っていると『いまから行く』と言ってくれる。

『そっちに行く用事があるから、ついでにマンションに寄る。外で待ってろ。拾ってやるから』

「あ、はい。ありがとうございます」

おそらく仕事の途中だ。それなのに聡太の願いを聞き入れて、わざわざ来てくれるらしい。拾うと言うからには苅田は車で来て、聡太を乗せてどこかへ移動するつもりなのだろう。そのあいだに話を聞いてくれるつもりなのかもしれない。ちょうど明日はシフトに入っていないから、帰宅が深夜になってもかまわなかった。帰りがタクシーになってもいいように、聡太は財布に多めの現金を入れ、外出のしたくをした。

竹内が買ってくれた本物のダウンが入ったショート丈のジャケットを着こみ、部屋を出る。管理会社の働きでいつもきれいに保たれたエントランスを抜け、自動ドアの外側に立った。

日が暮れた住宅街はしんと静まり返っている。等間隔に立つ街灯と、アパートやマンション、一戸建ての窓から漏れる光。あのひとつひとつに家庭があるのかと思うと、胸がきゅっと引き絞られるように苦しくなる。自分と竹内が住む部屋も、傍《はた》から見たらあんなふうに温かな光に満ちた家庭に見えるのだろうか。すれ違いばかりの寂しい住人がいるなんて、きっとわからない。

一月の寒さに肩をすくめ、両手をダウンジャケットのポケットに入れてぼんやり立ち尽くしていると、右手の方から一台の車がやってきた。ライトがアスファルトを照らし、聡太の前ですっと停車する。夜の闇にまぎれるような、漆黒のベンツだった。左側の運転席でハンドルを握っているのは苅田だ。窓がするすると開き、苅田が「後ろに乗れ」と指示を出してくる。聡太はなんの疑いも抱かずに、後部座席のドアを開けた。

「ひっ」

思わず息を呑んでしまった。ベンツの広々としたシートには、大柄なダークスーツ姿の男が悠然と座っていたのだ。あきらかにその筋の人間だとわかる迫力だった。がっしりとした肩幅と太い首、すこしエラの張ったいかつい顔と三白眼が怖い。座っていても身長が百八十センチ以上あるとわかる。投げ出された足は長く、ピカピカに磨かれた革靴はびっくりするほど大きかった。

「聡太、早く乗れ」

運転席から苅田が急《せ》かしてくる。足がすくんだ聡太だが、その男が乗れというように手招きしたので、おそるおそる中に入った。できるだけ隅っこにちょこんと腰掛けて、ドアを閉める。すぐにベンツは動き出した。

「聡太、その人は俺の兄貴。うちの西丸《にしまる》顧問だ」

「西丸……？　あっ」

思い出した。以前、夏樹の顔を見てみたいと言った聡太に苅田が見せてくれた写真の中で、夏樹の横に寄り添うように立っていたのが、この男だ。慌てて頭を下げた。

「は、はじめまして。香西《かさい》聡太です」

「西丸欣二《きんじ》だ。写真では見たことがあるが、こうして会うのははじめてだな」

欣二はまじまじと聡太の顔を見つめてくる。欣二も聡太を写真で見たことがあるようだ。それもそうか。聡太は夏樹のそっくりさんとして竹内に観察され、さらに事件にまきこまれたのだから。

「うむ……、似てると言えば似ているが、夏樹はこんなに線が細くないし、雰囲気がぜんぜんちがう。ダブルには使えないな」

「顧問、それは無理っすね。そもそもあんまり似ていないし、たとえもうちょっと若頭に似ていたとしても、竹内さんが許すわけないじゃないですか」

ダブルという言葉の意味がわからなくてぽかんとしている聡太の前で、欣二と苅田が会話を進めている。あとで影武者の意味なのだと知ったとき、竹内がもし許しても、苅田が言うように似ていないので無理だと思った。

欣二は「竹内がね……」と呟いて、ふっと笑った。

「いま、竹内と二人で暮らしているそうだな」

「あ、はい」

背筋を伸ばして緊張しながら答えた。

「例の事件のときは悪かったな。こちらの事情にまきこんでしまった」

「……そうですね。でも、助けてもらえましたし、その後の生活も面倒みてもらえているので……」

「恨んでいないのか?」

「そんな、恨むなんて――。無理やり連れていかれて閉じこめられていた一週間は、たしかに辛《つら》かったですけど、無事に助け出されたし、本当にいまはよくしてもらっています」

人を恨むという発想自体、聡太にはなかった。あれは運が悪かったのだと思っている。

「働きはじめたそうだが、どこでなにをしている?」

「レストラン・ヒロセというところで下働きのようなことをしています。もうすぐフロアに出してもらえることになっていて、いま練習中です」

「ああ、あの店か。何度か行ったことがある。そうか。こんど夏樹を誘って、ひさしぶりにメシを食いに行ってみるか」

「ありがとうございます」

欣二と夏樹の二人組が来店したら恐ろしく目立ちそうだが、あの店には個室もある。あらかじめ電話を入れてもらえればそれが用意できるだろう。

「身寄りがいないそうだな」

「ちいさいころに母がいなくなって、祖母と二人暮らしでしたから……。近い親戚もいなくて」

「母親がいまどこでなにをしているのか、知りたいとは思わないのか？」

そんなこと考えたこともなかったので、聡太は目を丸くした。

「調べてやろうか？」

「えっ……そんなこと、できるんですか？」

「できるだろうな」

欣二はなんでもないことのように言う。西丸組も瀧川組も力がある組織らしいので、人手と資金があれば無理な話でもないのだろう。だが、聡太はそこまでして母を探したいとは思わなかった。

生きているのか死んでいるのかもわからない。母は祖母にとっては実の娘だが、その行方を気に病むそぶりを見せたことがなかった。幼かった聡太が母の所在を訊《たず》ねたとき「きっとどこかで幸せに生活している、そのために聡太を祖母《ばあ》ちゃんに預けていったんだよ」と微笑《ほほえ》んでいた。早くに祖父を亡くしていた祖母にとっても、聡太はたった一人の家族だったのだと思う。裕福ではなかったけれど貧しくもなく、静かで温かな日々だった。聡太は祖母との暮らしで寂しさや哀《かな》しさを感じたことはなかったのだ。

「……せっかくですけど、母の行方を知りたいとは思いません」

「そうか」

欣二は理由を聞こうとはせず、頷《うなず》いただけで母の話を終わらせた。

「最終学歴はなんだ？」

「中卒です。高校を中退しているので」

「高校卒業資格がほしくないか。将来、カタギとして暮らしていくなら、中卒だと不便だろう」

「それは……」

欲しい、かもしれない。もし許されるなら、このままずっと竹内のそばにいたい。かといってそちらの世界に入るつもりはない。一般人として普通に働いていくなら、高校くらい卒業しておいた方がいいだろう。いまの職場はありがたいことに学歴を重視していないが——ランチタイムだけのシフトを続けるなら高校の夜間部に通うという手もある。

「その気がありそうだな」

言葉にしなくても聡太の表情で察したらしい。欣二が笑った。笑うと強面《こわもて》に愛嬌《あいきょう》が出て、あまり怖い感じがしなくなった。

「苅田、調べておけ」

「わかりました」

どうやら聡太のために苅田が学校を調べておいてくれるらしい。「ありがとうございます」と運転席に向かって礼を言った。そこでやっと、聡太は車がどこに向かっているのか気になりだした。

「あの、これからどこへ……？」

「もうすぐ着く」

苅田がそう言ったすぐあとに、「瀧川興産」という看板が掲げられたビルの前に車はとまった。とたんにビルのドアから数人の男が走り出てくる。聡太たちが乗ったベンツを囲むように立つ彼らは、派手な色のスーツを着ていたり、黒っぽいシャツの胸元に金の鎖をじゃらじゃらとつけていたり、やはりどう見ても一般人ではない。

「ほら、下りろ、聡太」

苅田が運転席からさっと下りた。一番近くに立っていた男に軽く会釈をして、後部座席のドアを外から開けてくれる。下りるしかない。聡太はびくびくしながら外に出た。続いて欣二も下りてくる。

周囲の男たちの視線が一斉に自分に注がれたような気がした。怖い。

「西丸さん、その子が例のそっくりさんですか？」

やや年配の強面が欣二に訊ねてきた。夏樹によく似ているという聡太の存在を、組の構成員たちは聞き及んでいるらしい。

「ああ、そうだ。いま竹内が保護している。ちょっかい出すなよ」

「出しませんよ。竹内がかわいがってるらしいじゃないですか。あいつ、怒らせるとおっかないですからね。手も口も出しません」

「それが賢明だ」

男と欣二は笑いあっている。聡太以外の男たちは背の高い人が多く、会話がみんな頭上でなされている感じだ。

「聡太、ついてこい」

欣二が命じるから、しかたなく聡太はあとについてビルの中に入った。苅田ものんびりとした足取りでついてくる。建物の内部はごく普通のオフィスビルだが、詰めている人間はみんなヤクザにしか見えない。「瀧川興産」というのは、もしかして瀧川組の事務所なのでは——と、聡太はやっと気づいた。

階段を上がって二階へ行き、欣二は奥の部屋のドアをノックした。

「俺だ。入るぞ」

返事を聞く前に欣二はドアを開けてしまう。

「西丸顧問、どうしたんですか、急に」

部屋の中で声を発したのは、竹内だった。窓際に置かれたデスクにいるのは夏樹。どうやら若頭の部屋のようだ。竹内は欣二の後ろからひょっこりと顔を出した聡太を目にして、唖然《あぜん》としている。苅田は事前になにも知らせずに聡太を連れてきたのか。

竹内の仕事の邪魔をするために苅田に電話をしたわけではない。行き先を聞きもせずに車に乗ってしまった自分がいけなかった。これはさっさと帰った方がいいだろう。

「あの、俺、帰ります……」

若頭の部屋に入らずじりじりと後ずさりすると、最後尾につけていた苅田が「おいこら」と腕を掴んでくる。

「せっかく連れてきてやったんだから、帰るなよ」

「でも、俺……」

「話があるんじゃないのか」

「それは……苅田さんだけにあったんです。みなさんに聞いてもらうつもりなんて……」

夏樹と欣二はともかく、竹内がいる場で二人の問題をあれこれと話せるわけがない。苅田はどういうつもりで聡太をここに連れてきたのか。

「聡太じゃないか」

驚いた顔の夏樹に、欣二が「客を連れてきてやったぞ」と胸を張っている。

「いったいこれはどういう余興なんだ？」

夏樹がニヤリと笑いながら席を立ち、立ち尽くしている竹内の横を歩いて聡太に近づいてくる。

濃紺の光沢のある生地のスーツを着た夏樹は、やはり美しかった。バランスのとれたすらりとした体に、スーツがよく似合っている。ワイシャツは黒で、ネクタイをしていない。第三ボタンまで開いていた。胸元の白い肌には艶があり、滴るような大人の色気があった。こんな人とずっと一緒にいて、竹内がなにも感じないわけがない。

　聡太なんて夏樹と比べれば子供のようなものだ。美しくもないし色気など皆無で、どう取り繕っても夏樹のようにはなれない。目の前に立つ夏樹に気圧《けお》されるように、聡太は俯いた。

「しばらく見ないうちに、健康的になったじゃないか。ヒロセで働いているんだって？　竹内が養ってくれるって言ってんだから、家でごろごろして遊んでいればいいのに、働きたいなんて奇特なやつだな」

　夏樹が笑いながら聡太の頭を軽く叩いてくる。

「さっき車の中ですこし話をしたんだが、この子は高校を中退しているだろう。カタギのままにしておくなら、夜間に通わせたらどうだ」

　欣二がそう言うと、夏樹が「それもそうだな」と賛成してくれる。

　竹内はなにも言わずに、ただじっと聡太を見つめていた。無表情すぎて、竹内がなにをどう思っているのかわからない。怒っているのか、呆れているのか――。聡太の訪問を喜んでいるようには、とうてい見えなかった。

「おい、竹内さん、怖い顔して聡太を睨《にら》むなよ。かわいそうに、ビビッちゃって泣きそうになってるだろ」

　苅田の軽口に、竹内がさらに目を眇《すが》めた。泣きそうにはなっていないが、体がすくんでいるのはたしかだ。

「苅田、どうして聡太をここに連れてきた。ここはヤクザの事務所だぞ。こんなところに出入りしているところを見られたら、聡太の経歴に傷がつく」

「だれが見てるってんだよ、そんなの。そもそも、あんたと一緒に暮らしている時点で、経歴なんて傷つきまくりだろ。いまさらなに言ってんだ」

そんなこと竹内に向かって言わないでほしい。言い返せずに竹内は黙ってしまい、聡太は居たたまれない。

「……あの、苅田さん、俺……やっぱり帰ります。すみません」

「俺が勝手に連れてきたんだ。聡太が謝ることはない」

「おまえが勝手に連れてきたのか？」

竹内が険しい表情で苅田の胸倉を掴んだ。凄《すご》まれても苅田は薄い笑いを浮かべている。

「坊やが俺に相談事があるって言うからさ」

「なんだと？」

「あんたのことで話したいことがあるって、俺に電話してきたんだ」

目を見開いて竹内が聡太を振り返った。本当なのかと目が問いかけてくる。ここで嘘をつくわけにもいかず、聡太はしかたなく頷いた。

「この子が竹内さんのことで話って、だいたい想像がつくだろ。俺さ、他人の色恋に絡むの嫌なんだよな。面倒くさい。どうせくだらないことですれ違ってるとか、そういうことだろ。そんなの、ちょっと話しあえば済むんだよ」

聡太にとって悩みの内容はくだらないことなんかではないが、すれ違っていると指摘されて茫然《ぼうぜん》とした。どうしてわかったのだろうか。苅田は人の心が読めるのか？

「ほーら、図星だろ。放せよ」

摑まれていた胸元から竹内の手を叩き落とし、苅田は乱れた服を整えながら肩をすくめる。

「なんだよ、おまえたちさっそくケンカか？　なにが原因だ？」

夏樹がなぜだか目を輝かせて楽しそうに竹内と聡太の顔を交互に眺めてきた。あなたも原因のひとつだと、聡太は心の中だけで呟く。

「この子はまだ十九なんだろ。竹内が気を配ってやれよ。ダンナとしては、幼な妻の気持ちをもっと汲《く》んで、ケンカしてもとっとと謝れ。たとえ自分が悪くないと思っても謝ってやるのが男ってもんだろ。な？」

ニヤニヤしながら竹内に説教めいたことを垂れる夏樹を、欣二が複雑そうな目で見ている。

「ケンカなんかしていません。していないよな？」

竹内が聡太に同意を求めてくるので、頷いた。ケンカはしていない。すれ違ってばかりの生活の中で、聡太が寂しさのあまり竹内の愛情を疑っただけだ。悪いのは全部自分なのだ。

「はい、していません……。ケンカなんて……」

いっそのことしてみたいと思う。ケンカとは、親しいからこそできるコミュニケーションのように感じるからだ。思い返せば、聡太が最後にケンカした相手は祖母だった。思春期になり、しつけに関して口うるさい祖母が鬱陶しくて言い返したらケンカになった。でも翌日にはおたがいにケロッとしていた。あれは甘えだった。祖母が自分を愛していて、生意気な態度をとっても絶対に見捨てないとわかっていたからこその口答えだったのだ。

祖母が亡くなってから、聡太はだれともケンカをしていない。それほどに心を許しあえた人間がいなかったからだ。

竹内のことは愛している。だれよりも大切な人だ。でも、ケンカはしたことがない。恐ろしくて、そんなことはできない。

竹内と苅田と夏樹と欣二――。この四人の親しげな雰囲気、信頼しあっているからこその軽口が羨《うらや》ましくてならない。しょせん、聡太は余所者《よそ》なのだ。ひとりだけカタギで、なにも持たないみすぼらしい痩せっぽちの子供でしかない。いつ竹内に見捨てられるか、怖くてしかたがない子供なのだ。

「ケンカじゃなかったら、話したいことってなんだったんだ？」

夏樹が首を捻《ひね》る。きれいな人は、どんなしぐさをしてもきれいだ。この人は組長の息子として生まれ極道として生きているけれど、裕福な家庭で育ち、信頼できる仲間がたくさんいる。聡太の寂しさはきっと理解できないだろう。

「ケンカだろ。そうでなけりゃ朴念仁《ぼくねんじん》の竹内が気づかないうちに、この子を怒らせたってところか」

「本当に、そんなんじゃないんです。最近ぜんぜん、会っていませんし……」

僻《ひが》む心が、余計なひと言を口走らせた。一瞬、部屋がしんとなる。

聡太はハッと顔を上げ、三人が自分に注目していることに焦った。夏樹と苅田はニヤニヤと笑っている。欣二は呆れたような顔で聡太を眺め、ついで竹内を見遣《みや》った。竹内は唖然としているようだった。

「……あ、あの……あの、その、ごめんなさい」

言わなくてもいいことを言ってしまった。会っていないなんて、一緒に暮らしているのにおかしな現象だ。これでは竹内が聡太を放置しているように聞こえる。竹内は夏樹に命じられて聡太を匿っているわけだから、職務を全うしていないと捉えられかねない。

「ちがうんです、俺が言おうとしたのは、その……」

「わかった」

夏樹がおおきく頷き、竹内の背中をバシンと強く叩いた。身構えていなかったせいか、「痛っ」と竹内が口走る。

「事情はよーくわかった。なるほどな、そういうことか。ささいなことだが、たしかに坊やにとっては大事だ。苅田に相談したくなるだろうさ。よし、今日はもう解散だ」

「えっ……」

竹内がびっくりしたように夏樹を振り返る。

「竹内は坊やを連れてもう帰れ。ついでに明日も来なくていい。休みだ」

「なに勝手に決めているんですか。俺がいなくてあなたはどうするんです。困るでしょう」

「だから俺も明日は休みにする」

「……………は？」

いままで見たことがないほどに竹内がぽかんとしている。夏樹の提案は、たぶんそれほど突拍子もないことなのだろう。対照的に、夏樹はすごく愉快そうだ。

「今日はこれで終わりにして、明日は俺もおまえも休みだ。なぜだかクソ忙しいダンナに構ってもらえなくて毎夜枕を濡らしている幼な妻が、こんなところにまで来て訴えてんだぞ。応えてやれよ」

「若頭、そういうのを余計なお世話と言うんです。俺たちのことに口を出さないでください」

「恋愛初心者のくせに生意気な口きくんじゃねぇよ」

ふふん、と夏樹はまるで自分が恋愛の達人のような態度だ。聡太は彼のプライベートをまるで知らないから、本当に達人なのかと思った。

「いいから、もう帰れ。それで今夜は坊やをたっぷりかわいがってやれ。ぐちょぐちょになるまで徹底的にかわいがってやるんだぞ。これは命令だ」

夏樹は人差し指をびしっと竹内に突きつける。絶句する竹内と同様、聡太も啞然とした。夏樹は聡太と竹内の関係を知っているのか。

いつ、どうしてわかったのだろう。夏樹だけじゃない、莇田も欣二も驚いていないところを見ると、みんなすでに知っているらしい。竹内が話したとしか思えないが、聡太も竹内も男なのになぜみんななにも言ってこなかったのだろうか。

夏樹は欣二へと視線を移した。

「そういうわけで、俺も今夜はもう帰る。明日は休みだ」

「わかった」

「だからおまえも休みにしろ」

「…………」

欣二は無言でしかめっ面になった。どうして夏樹が休みだと欣二も休みにしなければならないのか、聡太にはさっぱり事情がわからない。

そもそも瀧川組と西丸組がどんな仕事をしているのか、具体的な内容をまったく知らないのだから、おろおろと周囲の大人たちを見ていることしかできなかった。

「俺はやることがあるんだが」

「うるさい。俺が休みと言ったら休みなんだ」

「…………」

夏樹はまるで王様のように——いや、女王様のごとく、居丈高に言い放つ。欣二はますます厳しい顔つきになった。明日を休みにすると大変なことが起きるのかもしれない。こんな展開になるなんて予想外すぎる。聡太はそっと苅田を見遣ったが、胸の前で腕を組んで立ち、うすら笑いを浮かべながらコトのなりゆきを眺めている。口を挟むつもりはないようだ。

「欣二、俺がたっぷりサービスしてやるって言っても、ダメか？」

夏樹がしなやかな腕を伸ばし、欣二の首に回した。優美な曲線を描いた唇が、欣二の頬に寄せられる。チュッと音をたててキスをした。その瞬間、欣二の目がギラリと獰猛《どうもう》な光を放ち、夏樹の腰を抱き寄せる。

「その言葉、嘘じゃないだろうな」

「俺が嘘なんかつくわけないだろ。ひさしぶりにぐちょぐちょになろうか。若いやつらに負けていられないだろ」

「……まぁ、そうだな」

「よし」

夏樹は満足そうに微笑み、欣二に頬ずりする。その光景を、聡太は目を丸くして見ていた。

驚いた。驚いた驚いた。まさか夏樹と欣二がそういう関係だったなんて。

そうか、だから聡太と竹内の関係が変化しても、この人たちは受け入れてくれたのだと納得した。

そういう目で見れば、夏樹と欣二はお似合いのカップルに見える。

「……しかたがないな……」

竹内がそう呟いて、ため息をついた。

「聡太、帰ろう」

「はい……」

「帰ったら、話をしたい」

「………はい………」

いろいろと迷惑をかけてしまった。すごく叱られるかもしれない。最悪、呆れられて、嫌われるかも——。でも自分がしでかしたことだ。

聡太は神妙な気持ちで頷いた。


マンションに帰りつくと、竹内はスーツの上着を脱ぎ、やや乱暴にソファに投げた。いつも寝室で脱いで、きちんとハンガーにかける人が——。

ため息をつきながらソファにどすんと腰を下ろす竹内は、ずっと険しい顔のままだ。ぴりぴりしているのが手に取るようにわかる。気安く近づける雰囲気ではなかった。

「聡太、こっちに来い」

命じられて、聡太はおそるおそる近づいた。「座れ」と言われて、竹内の前に正座する。土下座でもなんでもするつもりだった。だが、竹内は不思議そうに聡太を見下ろしてくる。

「………どうしてそんなところに座るんだ。ここに来い」

竹内が自分の隣をポンと手で叩いたので、聡太は戸惑った。竹内の隣はテレビを見たりお喋《しゃべ》りをしたりするときの定位置だが、いまここで図々しく座ってもいい場所なのだろうか。

「近くにいないと話しずらいだろう」

再度促されて、聡太は竹内の隣に腰を下ろした。二人掛けサイズのソファだ。小柄とはいえ十九歳の聡太と平均身長以上ある竹内が座れば窮屈なくらいになる。腕が触れあわないように座るのは難しかった。いつもはこの親密さが嬉しかったのだが。

「……あの、すみませんでした……」

沈黙が重すぎて、聡太は項垂れるように頭を下げた。

「――それは、なにについて謝っているんだ？」

「えっ……と、事務所まで行ってお仕事の邪魔をしてしまったことに対してです」

「それだけか？」

竹内の固い声に、聡太は背中に冷たい汗をかいた。

「あと、若頭や西丸顧問の前で、竹内さんに非があるようなことを言ってしまって、ごめんなさい。竹内さんはなにも悪くないのに、若頭がなんだかそんな感じに捉えてしまって、俺……すぐに訂正できませんでした。ごめんなさい……」

あらためて言葉にすると、自分はなんてまずい言動をしてしまったのかと愕然とする。申し訳なくて、どれほど謝っても謝り足りないことはないと思う。膝の上で両手をぎゅっと握った。どうすればこの失態を取り戻せるのだろうか。明日、夏樹に会いにいって、竹内は悪くないと訴えてみようか。

だがそれがまた余計なことだとしたら――。

「………俺は、本当にダメだな」

ぐるぐると頭を悩ませている聡太の横で、竹内がぽつりと呟いた。

「なにがダメなんですか？　竹内さんにダメなところなんてひとつもないです」

「そんなわけないだろう」

竹内は自嘲気味に笑い、聡太の肩に腕を回してきた。ぐっと抱き寄せられて、頭に頬を寄せられる。ひさしぶりのスキンシップに、聡太ははじめびっくりしたが、じわじわと喜びで胸をいっぱいにした。こんなふうに抱き寄せてくれるということは、いますぐ聡太をここから追い出すようなことはしないということだろう。

「聡太、悪かったな、いろいろと気がつかなくて」

「竹内さん……」

「おまえが謝ることはなにもない。事務所に来たのには驚いたが、苅田に連れられてきたんだろう？　結果的には聡太の気持ちがわかったし、明日は休みになったしで、よかったんだろうな。とりあえず、こんど苅田に会ったら礼は言っておく。不本意だがな」

竹内の武骨な指が、聡太の前髪をそっとかきあげてくる。額に優しいキスが落とされた。唇が触れたところが、じんと痺《しび》れたように熱くなる。

「いくつか言い訳をさせてくれ」

「………はい」

「聡太を寂しがらせるつもりはまったくなかった。はじめたばかりの仕事で疲れているみたいだったから、できるだけそっとしておこうと思って意識的に距離を置いていた。わざと帰宅時間を遅らせたり、別々に寝るようにしたり」

「わざと……だったんですか？」

「疲れているおまえの負担を減らしてやりたかった。だから――」

「負担なんかじゃありません。俺にとって、竹内さんのお世話をすることは喜びなんです。帰りが遅くなって顔を合わせる時間がなくなってきて、すごく、寂しかったです……」

聡太は竹内とおなじように、正直に心情を吐露した。

「竹内さんは、俺が外で仕事をすることに反対でしたか？　無理をするなって言ってくれたけど、俺は無理しているように見えましたか？」

「……もうすこしゆっくり休んでからでもいいんじゃないかとは、思っていた。だが、聡太が働きたがる気持ちはわかるから、強く言えなかった。正直に言うと、俺は聡太の体の心配をしていると同時に、聡太を自分の家に閉じ込めてだれにも会わさずだれにも見せず俺だけのものでいさせたくて、複雑だったってのもあるが……」

強い独占欲をさらりと告白されて、聡太は引くよりも胸がきゅんとした。ホッと安堵《あんど》感もある。

竹内はやはり情が深い人なのだ。いったん受け入れた聡太を、そう簡単には突き放したりしない。すこしでも疑った自分を反省しなければならない。

「じゃあ、その………もう別々に寝なくてもいいんですか？」

抱いてくれるのかとストレートに訊ねることは、さすがに恥ずかしくてできない。

「…………一緒に寝るってことは、手を出すってことになるが、おまえがそれでいいなら」

「そんなの、いいに決まってます」

つい食い気味に言ってしまった。竹内がふっと笑う。

「決まっているのか？」

「あ、え、はい………。決まっているんです………」

カーッと顔を赤くして俯いた。ストレートに訊ねなくても、ストレートに言っているも同然だ。我ながら恥ずかしい受け答えをしてしまった。

「あの、ひとつ聞いてもいいですか」

「なんだ？」

「若頭と西丸顧問は、その………」

デキているのか、なんて表現は下品だろうかと言葉を選んでいるうちに、竹内が「ああ、あの二人のこと」と頷いた。

「あの人たちは長年連れ添った夫婦みたいなもんだ。両方の組公認で、いま一緒に暮らしている」

「ふ、夫婦……ですか？」

意外すぎる表現に聡太は驚きを隠せない。

「なにせ若頭がまだ十三のときからの付き合いだそうだから」

「えっ？　えっ？　十三…って、中学生ですよね」

「そのとき顧問は十八の高校生だった。当時の俺はもちろんまだガキだったから、これは古参の組員に聞いた話だがな」

「え……と、じゃあもう十年以上…ってことですか」

「十五、六年ってとこだろ」

それで「長年連れ添った夫婦みたいな」と竹内が言ったのかと、聡太は感心しながら頷いた。

「すごいですね」

「たしかにすごいが、あの二人のすごいところってのは………」

なにかを言いかけ、竹内はいったん言葉を切った。

「まあ、おいおいわかってくるだろ」

「教えてくれないんですか」

「あの二人のことを俺が傍からごちゃごちゃ言うのもな。そのうちなんとなくわかるさ」

不満を表した聡太に、竹内はふっと笑った。

「俺はあの人たちよりもすごくなりたいと思っているんだが」

「なにがですか？」

「できれば聡太と長年連れ添いたい」

息が止まりそうになった。実際、息を呑んだまま吐けなくなった。あまりにもびっくりすると、人間は呼吸もまばたきも忘れて動けなくなるものだと、聡太はこのとき知った。

「……あ………、え……？」

「なんだよ、その幽霊でも見たような顔は」

冗談だったのかと、かなり残念に思いつつ、胸で詰まっていた息を吐く。

「お、驚きました……」

「そうか？　そんなに突拍子もないことを言ったつもりはないんだが。俺は最初からそのつもりだったし。伝わってなかったか？」

冗談ではないらしいと、二度びっくりした。竹内は茫然としている聡太の肩を「おい、大丈夫か」と揺さぶってくる。ぐらぐらと頭を揺らしながら「だ、大丈夫です」と掠《かす》れた声で応えた。

「けど、あの………、そうなんですか……？」

「なんだ、伝わっていなかったのか」

竹内は眉間に皺《しわ》を寄せて口をへの字にした。

「ごめんなさい……」

「おまえは悪くない。てっきり聡太もわかっていてそのつもりなんだと思いこんで、はっきり言わなかった俺が悪い」

「でも、俺……」

実は竹内の気持ちを疑った。勝手に悲観して、苅田に相談しようとしてしまった。竹内が聡太のためを思って気を遣ってくれていたのに。

「まあ、おまえはまだ十九だし、いま将来を決めろなんて言われても困るだろうが、俺はおまえを手放す気はないからな。仕事がうまくいって金ができてここを出て一人暮らしがしたいって言われても、許すつもりはない。聡太の家はもうここになっている――って、その言い方は変か。ずっとこのマンションに暮らすとは限らないから、俺がいるところがおまえの家ってことだ」

後半はひとりごとのようになっていたが、しっかりと聡太の耳に届いていた。

手放す気はない。竹内のいるところが聡太の家――。

欲しくてたまらなかった言葉が、あたりまえのように竹内の口からもたらされた。こんなことってあるだろうか。竹内も人の心が読めるのだろうか。

「聡太？」

「……………あの、俺…………」

竹内がそう望んでくれるなら――いまここで将来を決めてもいいのなら、そうしたい。ずっと、できるなら一生、竹内のそばにいたい。大好きだから。竹内以外にはなにもいらないから。こんな、なにも持たないちっぽけな人間だけど、そばにいさせてくれるなら、これほど嬉《うれ》しいことはない。

そう言いたいのに、喉が詰まったようになってうまく喋れない。そのかわりに、涙がこみ上げてきた。

ぐすっと洟《はな》をすすった音で気づいたらしく、竹内は聡太の泣き顔にぎょっとする。

「おい、どうして泣くんだ」

慌ててテーブルの下に置いてあるティッシュの箱を引き寄せ、聡太の膝に乗せてくれる。何枚か引き抜き、聡太はしゃくり上げながら涙と洟を拭いた。

「嫌だから……じゃないよな？」

もちろんちがう、と頷いた。竹内は口元を綻ばせ、聡太をあらためて抱き寄せてくれる。

「ここから出ていく以外は、好きなことをしていていい。高校に行きたいなら行ってもいいし、仕事を続けたいならすればいい。家事をしたくなくなったらプロに頼むから言ってくれ。それで俺はおまえにどうこう文句を言うことはないと誓う。俺はおまえに家事をやらせたくて一緒に暮らしているわけじゃないからな」

「…………はい…………」

「それと、これだけは約束してくれ」

「なんですか？」

竹内がどうしても嫌で、許せないことがあるとしたら、聡太はなにがなんでもしない。なんでも言ってくれと濡れた目で見上げる。

「苅田に相談事なんか持ちかけるな」

思わず「そっちですか？」と言いたくなる頼みごとだった。竹内は苦々しい顔になってチッと舌打ちまでしている。

「あいつは油断ならない。前にも言ったと思うが、下半身の節操のなさは尋常じゃない。セフレが男女問わず複数いるような男だ。聡太みたいに無防備なやつがふらふら近づいたら、いつ食べられるかわかったもんじゃない」

「……それはないと思います……」

竹内ほどに苅田のことを知っているわけではないが、聡太は一応、否定した。いくら恋愛経験がほとんどないからといって、近くにいる人が自分にそういった意味で気があるのかどうかくらいはわかる。苅田からはそんな空気を感じたことがない。

「あの人は、俺が竹内さんしか見ていないのを知っています。そもそも苅田さんと竹内さんは仲良しじゃないですか。友達と一緒に暮らしている人に、手なんか出しませんよ」

「いや、わからん。苅田は下半身で物事を考えるような男だ。危ないから、今後、単独であいつには会うな。用があるときは俺を介して連絡を取れ。会うときは俺を同伴しろ。約束してくれ」

竹内はあくまでも真剣だ。本当にそう思っているように見える。苅田がどれほどの性豪か知らないが、たくさんいるセフレはきっと美男美女ばかりだろう。聡太とは比べようもないくらいの。聡太のようなささやかな存在に興味を持つとは思えない。

それに下手にちょっかいを出せば、絶対にあとで竹内と揉《も》める。夏樹と欣二の関係があるかぎり、苅田と竹内は信頼を失《な》くすような行為に及ぶことは避けた方が懸命だろう。苅田はそんなこともわからないような男ではない。

そう言おうとしたが、「約束します」と聡太は頷いた。竹内の思いこみを覆す労力を考えると、頷いておいた方が簡単だと思ったからだ。苅田を疑ってはいないが、竹内が嫌だと言うのなら、聡太は従うまでだ。

「聡太……」

力強い腕にきつく抱きしめられて、聡太はうっとりと竹内の匂いを吸いこんだ。

この腕が欲しかった。この胸に抱きしめられたかった。竹内の熱を教えこまれたあとだったからこそ、抱かれない日々が寂しく、辛かったのだと思う。

「体調はいいのか？」

「……はい。もう、ずいぶん仕事に慣れました。大丈夫です……」

「明日は？」

「休みです」

偶然にも明日のシフトには入っていない。竹内の指に頬を撫でられて、聡太は微笑みながら目を閉じた。イヌのように尻尾があれば勢いよく振っていただろうし、ネコであれば喉を鳴らしていただろう。

「じゃあ、ゆっくりできるな」

竹内の言う「ゆっくりできる」が、どちらの意味なのかわからなかったが、問うつもりはなかった。

どちらでもいい。二人きりでゆっくり過ごせるでも、時間を気にせず抱きあえる、でも。

「聡太……」

竹内の唇が目尻にキスを落としてきた。頬にいくつか触れるだけのキスをして、唇にたどり着く。

「んっ……」

薄く開いた唇のあいだから竹内の舌を迎え入れて、緩く絡めあった。まだ拙い動きの聡太を、竹内は優しくリードしてくれる。舌先を甘く噛まれて、喉奥までじんと痺れた。下唇も噛まれる。

「あ……っ」

体の芯から力が抜けてしまう。くったりと竹内にもたれかかった。

「ベッドに行くか」

うん、と頷きそうになって、聡太は自分がまだ風呂に入っていないことを思い出した。

「あの、まだお風呂に……」

「真冬だ。たいして汚れてないだろ。汗の匂いもしないぞ」

竹内は聡太の首元に鼻を寄せ、匂いを嗅いでくる。「あわわわ」と焦って竹内の顔を押しのけた。

「嗅がないでくださいっ。これでも一日、立ち働いてきたんです。絶対に汗とか埃《ほこり》とか被《かぶ》っているし、その、きれいにしないと――」

「……じゃあ、俺も一緒に入るか」

「えっ？」

いままで二人一緒に入浴したことはない。竹内の帰りが遅いので、聡太が先に済ましてしまうことがほとんどだったからだ。薄暗い寝室ならまだしも、浴室ではすべてがよく見えすぎる。細身ながらほどよく筋肉がついてバランスのとれた体をしている竹内に、明るい場所でこの貧弱な裸を見られると思うと、セックスとは別の羞恥に襲われてカーッと顔が赤くなってきた。

しかも、問題はそれだけではない。聡太はセックスのために後ろも丁寧に洗うつもりだ。竹内の前でそんなことができるわけがなかった。できれば一人で入りたい。

「あ、あの、あの……一人で大丈夫です」

「一度に済ました方が時間短縮になるだろ。ほら、行こう」

「竹内さん…っ」

なかば抱えられた状態でソファから立ち上がらせられる。そのまま荷物のように浴室まで運ばれてしまった。だれもいない浴室は真っ暗だったが、照明のスイッチを押せば煌々《こうこう》と明かりがつく。眩《まぶ》しいほどのLED電球に、聡太は赤かった頰を青くした。

どうしよう、見られたくない。失望されたら……竹内が聡太に欲情しなかったら……どうしよう。

二週間以上もブランクがあったせいか、もともと性に対して内向的だった部分に拍車がかかったのかもしれない。あれほど竹内に抱いてもらいたいと思っていたのに、すっかり気持ちが萎えて腰が引けてしまっている。

そんな聡太の様子に気づいているのかいないのかわからないが、竹内が聡太を放さないいままで壁に埋め込まれたパネルを操作してバスタブに湯を張った。手を離したら逃げると思われているなら当たりだ。

「ほら、脱げよ」

「………一人で、入っちゃダメですか……。竹内さんは、寝室で待っていてくれれば……」

「ダメだ。時間短縮だって言っただろ。俺はもう待てない」

すこし急いた口調でそう言い放つと、竹内がばさばさと服を脱ぎはじめた。ワイシャツとスラックスをまとめて洗濯カゴに突っこんだのは衝撃だった。スーツの上着と同様、いつもはきちんとハンガーにかけて必要ならばブラシもかける人なのに。

もう待てない――って、そういうことだろうか。竹内も聡太が感じていたように欲求が溜まっていたと……。

竹内はボクサーブリーフ一枚の姿になって、真顔で聡太の服に手をかけてきた。もう逆らえない空気に、聡太は促されるまま服を脱ぐ。おなじくボクサーブリーフ一枚だけの姿になった聡太を、竹内はまじまじと眺めた。

「後ろを向け」

くるりと回れ右をさせて聡太の背中も見ている。いったいなにをしているのかと思ったら――。

「よし、どこにもケガはないいな」

「ケガ？」

「………もし仕事先でなにかされていたとしても、おまえは俺に言わないだろう」

「なにもされていないですよ」

いじめとか、そういうトラブルを心配してくれていたようだ。打ち身ひとつない聡太の体を見て、竹内は安心したようだ。

「すこし体重がもどったようだな。はっきり浮いていた肋骨《ろっこつ》がすこしはマシになってきている」

おおきな手で脇腹を撫でられ、聡太は思わず「んっ……」と声を漏らしてしまった。意図して発したものではなかったから、自分でもびっくりする。ぴたりと手を止めた竹内にじっと見つめられ、聡太は頰を染めて俯いた。素肌に触れられただけで声を出すなんて、よほど飢えていたと思われたら恥ずかしい。

「………感じたのか？」

スルーしてほしかったのに竹内はおなじように両脇腹を両手で撫で上げてくる。ぞくぞくとした感覚が湧き起こって、聡太は息を詰めた。何度も両手を上下されて脇腹を擦《こす》られ、肌がよりいっそう敏感になってくる。不意に親指で乳首をかすめるようにされ、「あっ」とあからさまな声をあげてしまった。

「竹内さ……、あっ、やめ……」

両乳首を親指で押し潰すようにされると、痺れるような快感が起こって全身が震えてくる。

「あんっ」

爪先でぴんと乳首を弾かれた。声を我慢しようとしても無理だった。

「あっあっ、あんっ」

乳首をぐりぐりと転がすようにされたり爪を立てられたりすると、どんどん声が出てしまう。全身の血が湧き立ってきた。胸を中心に火照ってくる。体が出来上がっていくのがわかった。

「聡太、すごいな。乳首だけでいけそうだ」

「そんなの……」

いけない、いけるわけがないと否定しようとしたが、ちらりと見下ろした下半身にびっくりする。自身が下着の中で激しく勃起していた。ぴったりと体にフィットしているボクサーブリーフだから隠せない。先端が当たる部分には染みが広がっている。同時に竹内の下半身も視界に入り、カーッと頭を熱くした。聡太よりももっと下着の生地が盛り上がっていたからだ。当然のように染みができている。

聡太に欲情しているから、そうなっているのだ。欲しいと思ってくれている。嬉しい。

下着の中の竹内を想像すると、口腔《こうこう》に唾液が溢《あふ》れてくるのはなぜだろう。あれを舌で愛撫《あいぶ》してあげたいと思ってしまう。竹内を気持ちよくしてあげたいから——。

「聡太、もう入ろう」

もしかして竹内もおなじ気持ちなのかもしれない。急くようにして自分の下着を引き下ろす。飛び出してきたそれは、想像どおりに熱くなっていた。聡太も顔を伏せたまま下着を脱ぐ。外気に晒《さら》されるとひやりとするほどに濡れていた。

「来い」

腕を摑まれて浴室へと引っ張られる。竹内はシャワーのコックを捻り、湯温調節をすると聡太をその下に立たせた。

「聡太……」

すぐに竹内が抱きしめてくる。二人で熱めのシャワーを浴びながらキスをした。全裸で抱きあうと猛《たけ》っているそこがぶつかる。それが刺激になって、欲望がさらにぐんと膨れあがった。

「あ、ん、ん、ん……」

舌を絡めて吐息すら奪いあうようにしてくちづけると、どこからどこまでが自分なのかわからなくなってくる。無意識のうちに腰を揺らめかして勃《た》っているそこを竹内の下腹部に擦《こす》りつけた。すぐに自分が卑猥《ひわい》な動きをしていることに気づいたが、気持ちがよくてやめられない。

「んんっ」

胸をまた指先で弄《いじ》られる。ぐっと乳首を摘まれたとたん、限界近くにまで張りつめていた欲望が、あっという間に堰《せき》を切った。

息を詰めて、全身を震わせながら射精する。断続的に吐き出されるそれが竹内の腹を汚していく。

信じられない。いくら溜まっていたからといって、キスと胸への愛撫だけで達してしまったなんて。

股間を見下ろすと、萎えつつある自身と、まだ張りつめたままの竹内が視界に入った。

「ご、ごめんなさ……、俺………」

「どうして謝る？　気持ちよかったんだろ」

「……そうだけど……」

「俺も気持ちよくしてくれ」

右手を取られて股間へと導かれる。熱くて大きなそれに触れたと同時に、カチッと自分のどこかでスイッチが切り替わる音を聞いたような気がした。聡太はおもむろに膝をつくと目の前の位置にある股間に舌を伸ばした。

「おい、聡太、まだ洗ってないぞ」

とめようとした竹内の手を拒み、聡太は幹の部分を指で支え、先端を舐《な》めた。頭上で竹内が息を呑むのがわかる。幹を手で扱《しご》きながらぺろぺろと亀頭を舐めたあと、口腔にくわえた。おおきすぎてすべてを含むことはできない。

「聡太……」

掠れた声が、感じていることを伝えてくれる。もっともっと感じてほしい。聡太は下手かもしれないが気持ちをたくさんこめて奉仕した。

竹内は聡太がフェラチオすることをあまり望まない。どこでどう覚えてきたか思い出すと嫌なのだろう。だが聡太は実際に竹内以外の男で練習したわけではないので、特にトラウマめいた記憶にはなっていなかった。むしろ、この行為が好きだ。ディルドで練習していたときは惨めだったが、実際に好きな男のものを口に含んでみたら、夢中になることができたのだ。感じてもらえることの喜びと、する方も口腔で感じることを知った。

「……もう、いい」

ぱんぱんに膨らんで最後が近いところまで追い上げたのに、竹内にまた制止されてしまう。まだ一度も口腔で竹内の精を受けとめたことがなかった。飲んでもらったことがあるから、聡太も飲んでみたい。いやいやとわずかに首を横に振ってくわえたものを離さないでいると、竹内が苦しそうな表情になった。

「聡太…っ」

強引に口から引き抜かれる。と同時に白濁が飛び散った。間欠的に吹き出す体液が、聡太の顔を汚していく。茫然としていると、竹内がため息をついてシャワーノズルを聡太の顔に向けてくれた。ざっと流してもらって、立ち上がるように促される。

「……これって、顔射……？」

「………そんな言葉は覚えなくていい」

むっつりと竹内が不機嫌そうな顔になった。

「おまえの顔にかけるつもりなんてなかったのに」

「……飲んでみたいと思って」

「思うな」

「でも、何回か竹内さんは俺のを……」

「あれは俺がやりたくてやったんだ」

「だったら俺もやりたい」

「不味《まず》いぞ」

「……なんとなく、想像はつくけど」

青臭い匂いからして美味しくはないだろうと思っている。

竹内がシャワーを止めた。浴槽にはほどよい量の湯が溜まっている。手を引かれて二人一緒に入った。湯の中で横抱きされる体勢になり、聡太は恥ずかしさに頬を染めた。さっきは大胆にも能動的な行為をしてしまったが、一回冷静になるともうダメだ。

「あの、この格好は……」

「浮力で重くないから大丈夫だ」

そんなことを気にしているわけではない——。

「恥ずかしいです」

「じゃあ、こうしよう」

竹内があぐらをかき、その中に背中を向けて座るような格好になった。これはこれで恥ずかしい。

そういえば、後ろを洗わなければならないんだった。見られたくないから、竹内には先に出ていってもらいたい。どう言えばすんなりと出ていくだろうか。

俯いて悩んでいると、首筋に柔らかくて温かなものが押しつけられた。竹内の唇だ。唇はついばむようにうなじから肩、肩甲骨《けんこうこつ》のあたりへと移動していく。くすぐったいと同時にあやしい感覚が湧き起こってくる。

「あっ」

背骨に添って舐め上げられた。ぞくっとした快感が走り、思わず声が出る。聡太自身も知らなかったが、そうされると感じることが竹内に知られた。続けて何度か舐め上げられて、そのたびにあんあんと声がこぼれてしまう。聡太は逃げようとしたが、腹に腕が回されてがっちりと抱きこまれているので動けない。

「あ、んんっ」

また乳首を摘ままれた。湯の中でくりくりと転がすようにされて、全身に快感が広がっていく。すっかり尖《とが》りきって赤くなった乳首が羞恥をそそる。

「た、竹内さ……っ」

あちこちを同時に弄らないでほしい。背中にくちづけを受けながら乳首を嬲《なぶ》られていると、萎えていたものがまた熱くなってきてしまう。ほぼ同時に、尻に熱くて固いものが当たることに気づいた。竹内がふたたび漲《みなぎ》らせているのだ。聡太の痴態に煽《あお》られて。

「あっ、や……っ」

尻の谷間に竹内の指が滑りこんできた。窄《すぼ》まりをすぐに探しあてられ、最初、指の腹で押すようにして刺激される。飢えていた体は、そう時間をかけずに開いてしまった。ちょっと力を入れられただけで、くぷっと指先がめりこむ。

「んっ……」

たったそれだけで快感が広がった。湯の中でくぷくぷと何度も出し入れされて、聡太は背中を震わせる。浅いところを指先で弄られると気持ちよすぎて、あからさまな喘ぎ声がこぼれそうだった。だがここでは反響しそうだ。なんとか、歯を食いしばって我慢した。

「ん、んんっ、もう……っ」

指先だけでは足らなくなってくる。もっと奥まで、さらにもっと広げてほしい。そして——。

「あぅっ！」

望みどおりに指が根元まで挿入されて、聡太は細い背中をのけ反らせた。湯が波立ち、それすらも肌を刺激してくる。

「あ、あ……」

指が二本に増やされた。中に入れられた指はそこを広げるようにしてくる。

「あっ、お湯が……っ」

「入ってくるか？」

「やだ、それ、やだっ」

「柔らかいな……。もう、入れてもいいか？」

肩を優しく嚙まれながら、すこし上擦った声で問われれば、頷く以外になにができるだろう。

「い、入れて……。待って……いた、から……」

「聡太……」

指がそっと抜けていき、尻に触れていた竹内の屹立《きつりつ》がかわりにあてがわれる。湯の中でもはっきりとわかるほどの熱さだ。たいして解《ほぐ》されていなくても、気持ちはとうに高ぶりきって体はそれを待ちわびていた。自分でも驚くほど柔軟に、聡太は竹内を迎え入れた。

「あ、あ、あ………」

限界までそこが広げられていくのがわかる。竹内は記憶にあるとおりにおおきくて、熱かった。ブランクがあっても聡太の心は愛する男を無条件で受け入れている。その気持ちに応えるように、体は素直に開いた。

根元まで受け入れたものは、先端が臍《へそ》の近くまで達しているような気がする。それほど存在感はすごかった。

「あ、んんっ！」

浮力をかりて体が揺すりあげられる。最初は遠慮がちだったが、すぐに激しく波が立つようになった。摩擦によって生み出される快感に悶《もだ》え、いい場所を抉《えぐ》られる快感に嬌声をあげる。もはや声を我慢することなどできなくなっていた。

ずっと欲しかったものを与えられて、体は貪るように快感を取りこんでいる。

「ああ、ああ、ああっ、竹、内さ、竹内、さぁ……んっ」

顔が見たい。聡太が懸命に首を捻って振り返っていると、竹内が腰を摑んで強引に方向を転換させた。挿入したままの屹立に粘膜が捩《よじ》られたが、痛みよりも快感が勝った。向かいあうかたちで繋がったままキスをする。聡太は竹内の首に腕を絡めて、唇を激しく吸った。

大好き、大好き。ずっとこの人のそばにいたい。この人がいないと生きている意味がない。

もう言葉では言い表せないほどに愛が胸いっぱいに溢れている。涙まで溢れてきた。

「聡太、そんなにしがみついたら動けない」

「竹内さん、好き……っ」

逞しい肩に頬を擦《こす》りつけるようにする。涙がこぼれたが、全身濡れているのでどのしずくが涙なのかわからない。体内におさまっている竹内がどくどくと脈打っている。その熱と大きさが、愛しくてならない。意識的にきゅっと締めつけてみた。竹内が「うっ」と息を詰める。

「おい、そんなに俺をいじめるなよ」

甘く掠《かす》れた声で文句を言われ、聡太はたまらないほどの幸福を感じた。それと同時に、かつてないほどの独占欲が膨れあがってくる。

この人は自分のもの。ぜんぶ、髪の毛一本から爪の先まで、ぜんぶ自分のもの。だれにもやらない。

「…………竹内さん…………、ねぇ………」

「なんだ」

「や、泰史…さん…って、呼んでも、いい……？」

分不相応な願いかもしれない。けれど、名字ではなく名前で呼ぶことができれば、特別な存在だというお墨付きをもらったような気になれると思うのだ。きっとそれは、自信に繋がる。余計な不安ばかりを抱えて、ふらふらすることがないように、聡太は竹内を名前で呼びたかった。

「おまえな……」

呆れたような声に、一瞬、体がすくむ。

「そんなの、好きなように呼べばいいだろ」

ぶっきらぼうな口調で言い捨てた竹内だが、聡太と繋がった部分がぐっと威力を増した。さらに広げられて、聡太は瞠目《どうもく》する。不意に腰を突き上げられ、聡太は「ああっ」と派手な声を上げた。

「おまえは、くそっ……かわいいんだよ…っ」

「あ、あっ、あんっ、ああっ」

激しい動きに湯がばしゃばしゃと跳ねる。感じやすくなっている粘膜をいいように嬲られる快感は、お願いを受け入れてもらえたという喜びをどこかへ蹴《け》散らしてしまうほどの衝撃だった。

「聡太、聡太っ」

がくがくと揺さぶられながら乳首に噛みつかれる。甘い痛みと脳天を突きぬけるほどの快感に細い悲鳴が迸《ほとばし》った。

「あーっ、あっ、あーっ！」

性器を湯の中で竹内の手にもみくちゃにされて、聡太は欲望を弾けさせた。体内の竹内を、無意識のうちに引きこむように食《は》んでしまう。

「くっ……聡太……っ」

竹内が聡太を抱きしめてくる。その瞬間、体の奥で竹内がびくびくと震え、熱いものがたたきつけられたのがわかった。背骨が軋《きし》むほどの力で抱きすくめられて、聡太は恍惚《こうこつ》とした。満たされていく。竹内の愛で、聡太という器が満たされていくのだ。

狂乱が終わった浴槽で、二人はしばらく抱きあったまま動かなかった。静けさを取り戻した空間に、二人分の荒い息づかいだけが響く。

やがて竹内が体を離した。一体になっていたものが、ずるりと抜けていく。埋まっていたものがなくなる寂しさに、聡太はつい物欲しげな目をして竹内のそれを見てしまった。まだ完全には萎えきっていない。おおきくて芯があって、固そうなそれ——。

「どこを見てる」

くくっと耳元で笑われて、聡太はカーッと耳まで赤くなった。

「まだ足らないか。俺もだ」

「いえ、あの……」

「とりあえずいったん出よう。のぼせそうだ」

苦笑した竹内に促されて浴槽から出る。立ち上がったら足がふらついた。踏ん張ろうとしたら、閉じきっていないところからぬるりと内股を伝ってくるものが……。

「あっ……」

へなへなと洗い場に座りこんでしまう。中に出されたことははじめてではないが、湯も入ってしまっていたからか、まるで粗相をしたように流れてきてしまった。力を入れて締めようとしても、うまくできない。いっそのことこの場で中をきれいにしてしまえばいいのだが——。

「どうした？　腰が抜けたのか？」

「ち、ちが……」

本当のことが言えなくて、聡太は顔を覗《のぞ》きこんでくる竹内から目をそらした。

「傷でもつけたか？　見せてみろ」

「えっ？　わあっ」

ひょいと竹内の膝にうつ伏せにされて尻の谷間を広げられた。まるで幼児が尻叩きの罰を下されているような体勢だ。ある意味、聡太にとっては罰に等しい扱いだが。

「ああ、出てきたのか。悪い、中出しした」

「やめ、やめてくださいっ」

起き上がろうと暴れても、竹内に首根っこを押さえつけられたらもう身動きができない。緩んでいる後ろから竹内の体液が流れ出しているところを、こんなに明るい場所で見られるなんて。

羞恥のあまり頭に血が上りすぎて眩暈《めまい》がしてくる。

「そういえば、聡太はいつも、俺が中に出してもいつの間にか処理しているな」

そんなところにいま気がつかなくてもいいのに。

聡太はデリヘルの寮にいたあいだ、フェラチオのやり方だけでなくアナルセックスについてのレクチャーも受けた。準備から後始末の仕方まで。それに則《のっと》って体のケアをしている。

「いつも自分でやっているんだろ」

あたりまえだ。自分以外のだれがそんなことをするというのか。もう勘弁してほしい——。

無知で初心《うぶ》な聡太は、この世に羞恥プレイというものが存在していることなど知る由もない。恥ずかしくて顔を背けてばかりいるから、竹内の目に意地悪な色が浮かんでいる事実に気づいていなかった。

「俺がかきだしてやろう。暴れるな」

「自分で、できますからっ！」

「遠慮するな。一度、やってあげたいと思っていたんだ」

「思わなくていいです、いやだ、いやっ」

「いいからじっとしていろ」

「ああっ」

指が深々と挿入されてしまい、聡太は逃げようにも逃げられなくなった。温《ぬる》いシャワーがそこに当てられ、竹内が指で体液をかきだすようにする。ぐちゅぐちゅと水音が聞こえてきて、聡太は卒倒しそうな羞恥の中で全身を震わせた。

「ほら、出てきたぞ」

「ん、うっ……」

愛撫ではないのに、竹内の指先がときおりいいところに当たる。ついさっきまでそこを性器として嬲られていたのだ。そんなふうにされたらすぐに火がついてしまう。

「……お願い、ですから……もう、もう……っ」

早く終わってほしいと思っているのに、もっと嬲ってほしいとも思ってしまう自分が情けなかった。

「おい、締めるな。力を抜いてくれ」

「……はい……」

必死でそこを緩めて竹内の指が動きやすいようにした。二度もいっている性器が、また勃ち上がりかけている。竹内の太腿《ふともも》に擦《こす》りつけたくなる衝動と必死で戦った。

「このくらいでいいかな」

ぬるりと指が抜けていって、聡太は安堵の息をついた。ぐったりと脱力している聡太が涙目になっているのを見て、竹内が「あ……」とちいさく声を出した。

「マジで悪かった。おまえの反応があまりにもかわいいから、つい悪乗りした」

「え……？」

「ごめんな」

竹内はバツが悪そうな顔をして、聡太をバスタオルでくるむと抱き上げてくれた。そのまま寝室へと運ばれる。そっとシーツに下ろされたときはホッとした。

「ちょっと待っていろ」

竹内は腰にタオルを巻いただけの格好で寝室から出ていき、戻ってきたときには手にペットボトルの水を持っていた。それを目にしたとたんに、喉が渇いていることを自覚する。

「欲しいだろ」

頷くと、竹内は水を口に含み、聡太に覆いかぶさってきた。口移しで水を飲まされるなんてはじめてだが、重ねた唇の隙間からこぼれてくるものを上手に飲むことができた。はふ、と息をついたところに、竹内がふたたび乗ってくる。

「聡太……かわいかった」

そんなこと真顔で言わないでほしい。竹内がついばむように唇を吸ってくる。

「風呂場でするのはいいな。聡太がよく見えるし、すぐ洗えるし」

「………俺は、あまり………」

「どうして？　いつも以上に感じていたみたいだが？」

「そんなことないですっ」

ムッとして否定すると、竹内がくくくと笑いながら聡太の横に体を滑りこませてくる。腕枕をしてくれ、額や頬に優しいキスをもらった。

「疲れただろう。今夜はもう寝よう」

「寝るの？」

てっきり朝までエンドレスだと思っていた。さっきちらりと見えたが、竹内の腰に巻かれたタオルは股間の部分が不自然に膨らんでいた。竹内は一回しかいっていない。きっと聡太の体調を思いやって——。

「竹内さん、俺に気を遣わなくてもいいんですよ」

「バカ、気を遣うに決まってるだろ。俺がどれだけおまえを大切にしていると思ってんだ。ガツガツして嫌われたくないし、一晩で体力を根こそぎ奪うつもりもない。どうせ明日は二人とも休みだ。続きは明日だ、明日」

笑いながら聡太を抱き寄せてくれる。聡太に嫌われたくないなんて、竹内がそんなあり得ないことを考えているなんて。聡太は竹内にならなにをされても絶対に嫌わない。体力を根こそぎ奪われてもかまわない。それだけ竹内が自分を欲しいと思ってくれているのなら——。

でも、続きは明日だと言った。これで終わりなわけじゃない。広いベッドの真ん中で、聡太はあたたかな胸に抱きこまれて安堵の息をつく。やはりひさしぶりのセックスに、体はくたくただ。いま求められても、応えられるかどうかわからないほどに四肢が重くなっていた。

「ところで、名前で呼ぶのはセックスのときだけなのか？」

「あ……」

忘れていた。そうだ、名字ではなく名前で呼びたいと、自分から言ったんだった。

「や、泰史さん……」

あらためて名前で呼んでみたら、声が上擦った。緊張してどきどきする。

「な、なんか……どきどきしちゃいます」

「おまえは、本当にもう……」

もう、なんだろう？　聞こうとしたが、ぎゅうぎゅうと苦しいほどに抱きしめられて肺が潰れそうになる。もがいているうちになにを聞きたかったのか忘れた。

「おやすみ、聡太」

「おやすみなさい、泰史さん………」

大好きな人に抱かれて、安心して眠りにつく。こんな贅沢《ぜいたく》があるだろうか。

竹内の愛に包まれながら、聡太は安心して眠ったのだった。

あとがき

こんにちは、はじめまして、名倉和希《なくらわき》です。このたびは「ひそやかに降る愛」を手にとってくださって、ありがとうございます。

この話は、約五年前に雑誌掲載された「ひとすじの光」を加筆修正したものです。新書化にあたり、その後の話を書き下ろして一冊になっています。二〇〇九年に発売された「徒花《あだばな》は炎の如《ごと》く」という新書のリンク作になります。「徒花は～」は、今作にも登場した西丸欣二《にしまるきんじ》と瀧川夏樹《たきがわなつき》の話です。こちらでは、竹内《たけうち》と苅田《かりた》はチョイ役でした。

私は竹内と聡太《そうた》のカップルが好きだったのですが、雑誌掲載当時は新書化の話がありませんでした。五年を経てからその後の書き下ろしも加えて一冊にすることができ、とっても嬉《うれ》しいです。

聡太はまだ十九歳。竹内は頼りがいのある大人の男と思っているかもしれませんが、じつはまだ二十代半ばです。一緒に暮らしていたら未熟なところがぽろぽろと出てくるでしょう。それがしだいにわかってきても、聡太は竹内を嫌いになんかなりません。聡太はよくできた嫁のように見て見ぬふりをして、竹内のプライドを傷つけないよう、さりげなくフォローしていきそうです。きっと二人は仲良く暮らしていくことでしょう。

苅田はいったいどうなるんでしょうね。遊び人なんですが……。じゃじゃ馬の苅田をうまくあしらう人が、そのうち現れるのでしょうか。て、待てよ。苅田の相手も男？　でもバイという設定なので、不思議ではないですよね。苅田を満足させられる年上テクニシャンか、苅田がイラッとくるぐらいの天然系犬っ子攻めなんかが登場したら面白いかもしれません。その場合、苅田はネコでしょうか。

さて、今回、新書化にあたってイラストは嵩梨《たかなし》ナオト先生にお願いしました。ありがとうございます。雑誌掲載時は海老原由里《えびはらゆり》先生でした。どちらの竹内も格好よくて、歓喜の声を上げずにはいられませんでした。そして聡太は、儚《はかな》げで守ってあげたくなる感じが素敵でした。

この本が出るのは年度末ですね。卒業やらなにやらの、区切りの時期です。今年、私の家族には特に変化がなく、昨年からの継続です。ゆったりのんびりしています。仕事ものんびりとやっていきたいのですが、やはりあちらこちらで書いて本を出すことがやめられません。書店で見かけましたら、また手にとってみてください。

これからもよろしくお願いします。

名倉和希

初出

ひそやかに降る愛	2010年 小説リンクス2月号掲載作を改題の上改稿
ひそやかに愛を紡ぐ	書き下ろし

極道ハニー《ごくどうはにー》

名倉和希
イラスト：**基井颯乃**
本体価格855円+税

父親が会長を務める月伸会の傍系・熊坂組を引き継いだ熊坂猛。名前は猛々しいのに可愛らしく育ってしまった猛は、幼い頃、熊坂家に引き取られた兄のような存在である里見に恋心を抱いていた。組員たちから甲斐甲斐しく世話を焼かれ、里見にシノギを融通してもらってなんとか組を回していた猛。しかしある日、新入りの組員が突然姿を消してしまった。必死に探す猛の元に、消息を調べたという里見がやって来て、「知りたければ、自分の言うことを聞け」と告げてきて……!?

リンクスロマンス大好評発売中

理事長様の子羊レシピ《りじちょうさまのこひつじれしぴ》

名倉和希
イラスト：**高峰 顕**
本体価格855円+税

奨学金で大学に通っている優貴は、理事長である滝沢に対して恩を感じていた。それだけでなく、その魅力的な容姿と圧倒的な存在感に憧れ、尊敬の念さえ抱いていた。めでたく二十歳を迎えた優貴は、突然滝沢から呼び出されて、食事をご馳走になる。酒を飲んだ優貴は突然睡魔に襲われてしまう。目覚めると、裸にされ滝沢の愛撫を受けていた優貴は、滝沢の家に住んで、いつでも身体の相手をすることを約束させられ……。

徒花は炎の如く

あだばなはほのおのごとく

名倉和希
イラスト：**海老原由里**

本体価格855 円+税

清廉な美貌を持ちながらも、一度キレると手がつけられなくなる瀧川夏樹。ヤクザの組長の嫡男である夏樹は、幼馴染みで隣の組の幹部・西丸欣二と身体を重ねることで、度々キレそうになる精神を抑えていた。欣二には他に女がいても、自分と離れなければいいと思っていた夏樹だが、ある日しつこくにつきまとっていた男・ヒデに脅される。欣二との関係を周囲にバラすと匂わされ、彼に迷惑が掛かることを畏れた夏樹は、ヒデを抹殺しようとするが……。

リンクスロマンス大好評発売中

恋愛記憶証明

れんあいきおくしょうめい

名倉和希
イラスト：**水名瀬雅良**

本体価格855 円+税

催眠療法によって、記憶をなくした有紀彦の目の前には、数人の男。有紀彦は、今の恋人をもう一度好きになるためにわざと記憶をなくしたのだと教えられ、困惑する。その上、箱入り息子である有紀彦の自宅で、一カ月もの間、恋人候補の三人の男たちと生活を共にするという。彼らから日々口説かれることになった有紀彦は、果たして誰を恋人に選ぶのか——!?　感動のクライマックスが待ち受ける、ハートフルラブストーリー。

ラブ・トライアングル

名倉和希
イラスト：**亜樹良のりかず**
本体価格855円+税

優しく純粋な性格の矢野孝司は理髪店を営んでいる。店には近所に住む槙親子が通っており、孝司は探偵業を営む父親の嵩臣と、高校生の息子·克臣から日々口説かれ続けていた。ある時、突然現れたヤクザの従兄弟・大輔に店の土地を寄こせと脅される。以来、大輔からの嫌がらせが続くが、怯える孝司に力槙親子は頼もしく力になってくれた。孝司は急速に槙親子に惹かれていくが、牽制し合う二人はどちらか一人を選べと迫ってきて――。

リンクスロマンス大好評発売中

閉ざされた初恋《とざされたはつこい》

名倉和希
イラスト：**緒田涼歌**
本体価格855円+税

両親の会社への融資と引き替えに、大企業を経営する桐山千春の愛人として引き取られた、繊細な美貌の黒宮尋人。『十八歳までは純潔なままで』という約束のもと、尋人の生活は常に監視され、すでに三年が経っていた。そんな尋人の唯一の心の支えは、初恋の相手で洗練された大人の男、市之瀬雅志と月に一度だけ逢える事。今でも恋心を抱いている雅志から「絶対に君を救い出す」と告げられるが、愛人として身を捧げる日は迫っており――。

LYNX ROMANCE

小説原稿募集

リンクスロマンスではオリジナル作品の原稿を随時募集いたします。

募集作品

リンクスロマンスの読者を対象にした商業誌未発表のオリジナル作品。
（商業誌未発表のオリジナル作品であれば、同人誌・サイト発表作も受付可）

募集要項

＜応募資格＞
年齢・性別・プロ・アマ問いません。

＜原稿枚数＞
４５文字×１７行（１枚）の縦書き原稿、２００枚以上２４０枚以内。
※印刷形式は自由。ただしＡ４用紙を使用のこと。
※手書き、感熱紙不可。
※原稿には必ずノンブル（通し番号）を入れてください。

＜応募上の注意＞
◆原稿の１枚目には、作品のタイトル、ペンネーム、住所、氏名、年齢、電話番号、メールアドレス、投稿（掲載）歴を添付してください。
◆２枚目には、作品のあらすじ（４００字～８００字程度）を添付してください。
◆未完の作品（続きものなど）、他誌との二重投稿作品は受付不可です。
◆原稿は返却いたしませんので、必要な方はコピー等の控えをお取りください。
◆１作品につき、ひとつの封筒でご応募ください。

＜採用のお知らせ＞
◆採用の場合のみ、原稿到着後６カ月以内に編集部よりご連絡いたします。
◆優れた作品は、リンクスロマンスより発行させていただきます。
原稿料は、当社既定の印税でのお支払いになります。
◆選考に関するお電話やメールでのお問い合わせはご遠慮ください。

宛先

〒151-0051
東京都渋谷区千駄ヶ谷４−９−７
株式会社　幻冬舎コミックス
「リンクスロマンス　小説原稿募集」係

LYNX ROMANCE イラストレーター募集

リンクスロマンスでは、イラストレーターを随時募集いたします。

リンクスロマンスから任意の作品を選び、作品に合わせた
模写ではないオリジナルのイラスト(下記各1点以上)を描いてご応募ください。
モノクロイラストは、新書の挿絵箇所以外でも構いませんので、
好きなシーンを選んで描いてください。

1 表紙用 カラーイラスト

2 モノクロイラスト（人物全身・背景の入ったもの）

3 モノクロイラスト（人物アップ）

4 モノクロイラスト（キス・Hシーン）

募集要項

＜応募資格＞

年齢・性別・プロ・アマ問いません。

＜原稿のサイズおよび形式＞

◆Ａ４またはＢ４サイズの市販の原稿用紙を使用してください。
◆データ原稿の場合は、Photoshop（Ver.5.0 以降）形式でＣＤ－Ｒに保存し、
出力見本をつけてご応募ください。

＜応募上の注意＞

◆応募イラストの元としたリンクスロマンスのタイトル、
あなたの住所、氏名、ペンネーム、年齢、電話番号、メールアドレス、
投稿歴、受賞歴を記載した紙を添付してください（書式自由）。
◆作品返却を希望する場合は、応募封筒の表に「返却希望」と明記し、
返却希望先の住所・氏名を記入して
返送分の切手を貼った返信用封筒を同封してください。

＜採用のお知らせ＞

◆採用の場合のみ、６カ月以内に編集部よりご連絡いたします。
◆選考に関するお電話やメールでのお問い合わせはご遠慮ください。

宛先

〒151-0051 東京都渋谷区千駄ヶ谷 4−9−7
株式会社　幻冬舎コミックス
「リンクスロマンス　イラストレーター募集」係

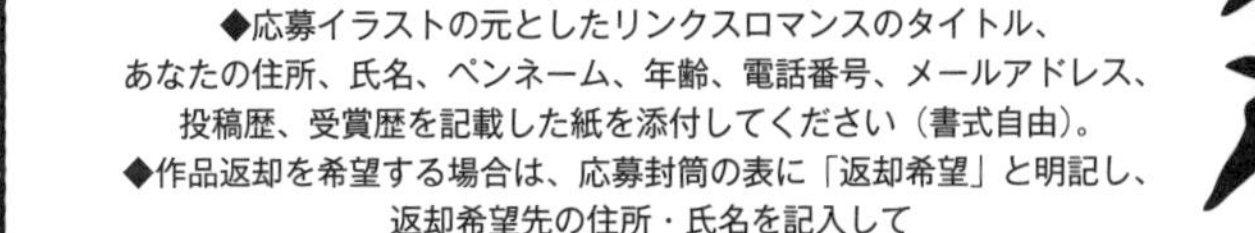

この本を読んでの
ご意見・ご感想を
お寄せ下さい。

〒151-0051
東京都渋谷区千駄ヶ谷4-9-7
(株)幻冬舎コミックス　リンクス編集部
「名倉和希《なくらわき》先生」係／「嵩梨《たかなし》ナオト先生」係

リンクス ロマンス

ひそやかに降る愛

2015年3月31日　第1刷発行

著者……………名倉和希《なくらわき》
発行人…………伊藤嘉彦
発行元…………株式会社　幻冬舎コミックス
〒151-0051　東京都渋谷区千駄ヶ谷4-9-7
TEL 03-5411-6431（編集）
発売元…………株式会社　幻冬舎
〒151-0051　東京都渋谷区千駄ヶ谷4-9-7
TEL 03-5411-6222（営業）
振替00120-8-767643
印刷・製本所…株式会社　光邦
検印廃止

ISBN978-4-344-83404-0 C0293
Printed in Japan

幻冬舎コミックスホームページ　http://www.gentosha-comics.net